# Contra su voluntad

## Sara Craven

Bianca®

HARLEQUIN®

Editado por HARLEQUIN IBÉRICA, S.A.
Hermosilla, 21
28001 Madrid

© 2006 Sara Craven. Todos los derechos reservados.
CONTRA SU VOLUNTAD, Nº 1709 - 1.11.06
Título original: Wife Against Her Will
Publicada originalmente por Mills & Boon®, Ltd., Londres.

I.S.B.N.: 84-671-4335-5
Depósito legal: B-40869-2006
Editor responsable: Luis Pugni
Composición: M.T. Color & Diseño, S.L.
C/. Colquide, 6 - portal 2-3º H, 28230 Las Rozas (Madrid)
Fotomecánica: PREIMPRESIÓN 2000
C/. Algorta, 33. 28019 Madrid
Impresión y encuadernación: LITOGRAFÍA ROSÉS, S.A.
C/. Energía, 11. 08850 Gavá (Barcelona)
Fecha impresion para Argentina: 30.4.07
Distribuidor exclusivo para España: LOGISTA
Distribuidor para México: CODIPLYRSA
Distribuidores para Argentina: interior, BERTRAN, S.A.C. Vélez
Sársfield, 1950. Cap. Fed./ Buenos Aires y Gran Buenos Aires,
VACCARO SÁNCHEZ y Cía, S.A.
Distribuidor para Chile: DISTRIBUIDORA ALFA, S.A.

# Prólogo

LLOVÍA a mares, pero la joven que acababa de bajarse del taxi parecía no percatarse del agua que la empapaba. Pagó al conductor y se paró bajo la farola para mirar una dirección en un papel.

Era una de esas casas. Todas se parecían, con sus bonitas entradas y sus elegantes escaleras. Había una placa al lado de la puerta. Llamó al timbre, pero estaba mojado y su dedo resbaló. Quizás fueran los nervios. Respiró profundamente y lo intentó con más firmeza.

Al momento, un hombre con uniforme de portero abrió la puerta.

—¿Puedo ayudarla, señorita? —le preguntó con exagerada educación.

—Me gustaría hablar con uno de sus miembros, el señor Harry Metcalfe.

El hombre enarcó las cejas y la miró con más atención.

—El señor Metcalfe está en una fiesta privada ahora mismo, no creo que quiera que se le moleste. Pero, si lo desea, puedo pasarle un recado de su parte.

—No, creo que no —repuso ella levantando la barbilla—. Necesito hablar con él en persona. Es urgente. Así que... ¿Podría avisarlo, por favor?

Por un momento, se preguntó qué haría si él le negara el paso, pero el hombre se echó a un lado y ella entró en el gran vestíbulo. Había varias puertas, todas ellas cerradas. Supuso que tras una de ellas se celebraba la fiesta privada en la que estaba Harry, pero no sabía en cuál.

–Espere en la sala de lectura y veré lo que puedo hacer –le comentó el portero–. Pero no puedo prometerle nada.

Miró a su alrededor, la sala era muy oscura, casi tétrica. Había elegantes sillones de cuero rodeando a mesas de centro y vitrinas llenas de lo que parecían valiosos incunables. Aquella habitación parecía haberse quedado sumergida en el pasado, congelada en el tiempo. O quizás fuera ella la que se sentía así. Desde que, seis horas antes, viera aparecer una rayita azul en un tubo de plástico, todo su mundo había dejado de girar.

–Harry –susurró en medio de aquella sala vacía–. Harry, tienes que ayudarme. No sé qué hacer.

Oyó una puerta abriéndose tras ella y se giró con alivio, pero no le duró mucho porque no era Harry el que entraba, era alguien desconocido, alguien más alto y moreno, y no tan guapo. Harry tenía mucho encanto y una sonrisa que podía derretir icebergs. La boca de ese hombre, en cambio, parecía de acero. Sus ojos eran de un azul helador y su pelo negro como la noche.

–¡Vaya! ¿A quién se le ha ocurrido la idea de invitarte, cariño? ¡Porque le romperé el cuello!

–Creo que es un error. Estoy esperando a Harry Metcalfe –repuso mirándolo sobresaltada.

–Ya me imagino. Pero Harry está en una despedida de soltero con unos amigos, entre ellos su futuro suegro. Así que ya supondrás que tu intrusión sería inapropiada –dijo mientras se metía la mano en el bolsillo y sacaba la billetera–. ¿Cuánto va a costarme que desaparezcas?

–No sé quién es, pero... –repuso incrédula.

–Y a mí no me importa quién eres tú –la interrumpió él–. Lo que me fastidia es lo que eres, porque este no es ese tipo de fiesta. Así que, pórtate bien y lárgate de aquí

–añadió el hombre mientras sacaba unos billetes de su cartera–. Dime cuánto te pagan normalmente, más el viaje en taxi, y así podemos los dos seguir adelante con nuestras vidas. No es nada personal –le dijo mirándola de arriba abajo–. En otras circunstancias seguro que habría disfrutado mucho con tu espectáculo. Y, si me hubiera tomado otra copa, hasta podrías haberme convencido, pero ésta no es la ocasión. Esta noche no. Así que será mejor que vayas a tu próxima cita.

Ella lo miró fuera de sí.

–¿De qué demonios está hablando? He venido a ver a Harry y no me iré hasta que lo haga.

–Me temo que sí se irá. Y si es necesario llamaré a la policía –repuso él yendo hacia ella y metiéndole unos billetes por el escote.

No pudo evitar gritar, mientras se echaba hacia atrás y le tiraba el dinero.

–¿Cómo se atreve a tocarme, asqueroso malnacido?

–¿Quieres decir que no se puede tocar? ¡Qué novedad! ¡Vaya, hombre, llega la caballería! ¡Lo que me faltaba! –exclamó al ver que se abrían las puertas y entraba un hombre más joven.

–El tío Giles te está buscando –explicó el recién llegado–. ¡Vaya! –exclamó al ver a la joven–. Ahora veo por qué estabas tardando tanto. ¿De dónde ha salido esta preciosidad?

–Eso debería preguntártelo a ti, querido Jack.

–¿Así que tenemos espectáculo, después de todo? Pues yo no lo he organizado. Pensé en hacerlo, pero cuando me enteré de que iba a estar el tío Giles, pensé que no sería muy apropiado. Pero qué chica tan adorable. ¿Por qué no nos adelantas parte de tu espectáculo aquí abajo, cariño? ¿En un pase privado para nosotros dos? –le dijo comiéndosela con los ojos.

–No –contestó de inmediato el otro hombre–. Puede que tú estés lo suficientemente borracho como para pedirle tal cosa, pero yo no. Además, nos esperan arriba y ella ya se iba –añadió mientras la tomaba por el brazo.

–No me toque –repuso ella, apartándose–. No lo entienden. No soy lo que creen que soy. Conozco a Harry. Soy amiga suya y tengo que hablar con él ahora mismo. Es muy importante.

–Los amigos de Harry están arriba, en su fiesta de despedida de soltero, y está claro que tú no estás en la lista de invitados. Así que vete, por favor –le dijo mientras la tomaba por los hombros para obligarla a girarse y la empujaba hasta la puerta.

Ella luchó para zafarse de sus manos. Su gabardina y su bolso cayeron al suelo. Se agachó para intentar recogerlos y tropezó. Casi cayó al suelo, pero las fuertes manos del hombre la sujetaron.

Allí estaban el portero y algunos otros hombres que contemplaban entre divertidos y estupefactos la escena. La mayoría reían y la gritaban para que se fuera. Sintió cómo su vestido se rasgaba en la espalda y, muerta de pánico, quiso gritar, pero no le salió la voz.

En medio del caos, vio a Harry, de pie al final del vestíbulo. Se quedó tan pálido como una sábana, mirándola con la boca abierta como si fuera su peor pesadilla.

Lo llamó con desesperación y pánico en su voz.

–Harry, ayúdame, por favor. Tienes que...

Pero él no se movió. Sólo su expresión cambió. Pasó de la sorpresa a la culpabilidad y de ésta al enfado. Entonces ella dejó de luchar y dejó que las manos que la sujetaban por los hombros la empujaran hasta la puerta del club. Allí, el hombre de los ojos azules le entregó la gabardina y el bolso y la miró con desdén.

–Yo que tú pensaría en cambiar de oficio. No creo que esto sea lo tuyo, preciosa –le dijo.

Y con esas palabras, cerró la puerta, dejándola en medio de la fría calle, mojada aún por la lluvia, y sintiéndose más sola de lo que había estado en su vida.

# Capítulo 1

*Dos años más tarde*

—¿Que mi padre se jubila? —repitió Darcy Langton con incredulidad—. No creo. No hasta que le llegue su hora.

—Darcy, cariño —le reprochó su tía—. Ésa no es manera de hablar. No es agradable.

Pero Darcy pensó que tampoco lo era su padre, al menos la mayor parte del tiempo. Pero decidió callarse, por respeto a su tía Freddie.

—¿Por eso me habéis pedido que viniera con tanta prisa? —preguntó—. ¿Para oír su último capricho?

—Creo que es más que eso. Va a dejar de ser director general de Werner Langton y también abandonará el puesto de presidente en cuanto su sucesor se haga con los cargos.

—Pero nadie me dijo nada antes de que me fuera... —comentó Darcy, apartándose de la ventana y sentándose en el sofá frente a su tía—. Debe de llevar mucho tiempo planeando todo esto si el proceso de sucesión en la empresa está tan avanzado...

Aunque en cuanto terminó de decirlo pensó que, al fin y al cabo, ella no podía protestar. Todos tenían sus secretos. Extendió sus estilizadas piernas frente a ella y, algo inquieta, comenzó a jugar con uno de sus rubios mechones.

—El sucesor que has mencionado... ¿Ya ha sido nombrado? –le preguntó a su tía de pronto–. ¿Es miembro del consejo?

–No –contestó tía Freddie con el ceño fruncido–. La verdad es que, de hecho, me parece una elección algo extraña. Es mucho más joven de lo que esperaba.

–¿Lo conoces?

–Sí, tu padre lo trajo hace poco. Está muy contento con él. Dice que Werner Langton se ha dormido en los laureles y necesita la inyección de dinamismo que este joven le proporcionará.

–¿Cómo se conocieron?

–Tu padre fue a Estados Unidos a verlo. Por lo visto, ha estado allí durante el último año salvando unas empresas que estaban a punto de hundirse. Se llama Joel Castille. ¿Te suena?

–No –repuso Darcy, encogiéndose de hombros–. No es un nombre común, creo que lo recordaría.

–Creo que su madre era inglesa y su padre francés –dijo tía Freddie quedándose pensativa un segundo–. Y es bastante atractivo. No me importaría retratar su rostro...

–Podrías colgarlo en la sala de reuniones –añadió Darcy riendo–. ¿Por qué no se lo sugieres?

–No, cariño. No me atrevería. Ya lo entenderás tú cuando lo conozcas. Tú padre ha organizado una fiesta en su honor en el hotel Templar. Es la semana que viene. Servirá para que todos los empleados y periodistas lo conozcan. Y, por supuesto, quiere que seas la anfitriona. A ti se te dan mucho mejor que a mí estos actos tan propios de la alta sociedad londinense.

–No es verdad. Lo que pasa es que prefieres quedarte aquí pintando, eso es todo –dijo Darcy–. Pero ahora entiendo por qué se me ha pedido que vuelva a casa.

–No es eso. Lo que pasa es que algunas fotos de la redada policial en el yate aparecieron en los periódicos locales y tú estabas bastante reconocible en algunas de ellas. En los artículos se te mencionó como una de las amigas de Drew Maidstone. Como te imaginarás, Gavin no estuvo muy contento al ver todo aquello...

—Es una pena que la prensa no deje de mentir y que Gavin se crea todo lo que lee —repuso Darcy enfadada—. Sí, es verdad, hubo una redada, y tuvimos que permanecer detenidos unas horas mientras registraban el yate. Pero no encontraron nada. Ni drogas ni nada. Todo fue un error. Además, yo estaba trabajando allí. Ya sé que Drew tiene fama de donjuán, pero yo no compartía su camarote, yo era una de las camareras a bordo. Pero se enfadó tanto cuando me fui, que me ha echado, así que mi padre estará contento al saber que me he quedado sin empleo.

—No creo que lo esté —le contestó tía Freddie—. Aunque lo que de verdad quiere es verte con un trabajo serio y no ganduleando por Europa y el Caribe con el tal Maidstone.

—No, lo que le quiere en realidad es que sea un chico. El hijo que nunca tuvo, el que siempre pensó que mamá acabaría dándole y que tomaría las riendas de Werner Langton, para poder seguir con la dinastía. Nunca quiso una hija y no sabía qué hacer conmigo.

—Eres demasiado dura con él.

—Es mutuo.

—Pero las cosas no van a mejorar mientras sigas empeñada en llevarle la contraria —le dijo la tía Freddie con más severidad que de costumbre—. Werner Langton es toda su vida. Seguro que no está siendo fácil para él renunciar a la empresa. Así que, cuando llegue, ¿por qué no nos esforzamos todos en que sea un fin de semana agradable, por favor?

Darcy se levantó para besar a su tía en la mejilla.

—Por ti haría cualquier cosa —le dijo sonriéndole con cariño.

Pero en cuanto se quedó sola se le borró la sonrisa de la cara. Le dolía haber tenido que enterarse así de los planes de futuro de su padre. Y sabía que, de no necesitarla para hacer de anfitriona en la recepción, ni siquiera se habría enterado. Para su padre sólo era un florero. Por eso nunca había querido mandarla a la universidad y la había enviado a Francia un par de años antes a una escuela de señoritas. Y, de no haberse sentido destrozada, se habría negado. Habría preferido cualquier otro tipo de educación más intelectual, pero, en ese momento, sólo quería salir de allí y escapar.

Pero eso formaba parte del pasado. Lo había enterrado y no quería mirar atrás. Ahora sólo quería pensar en lo que el futuro le deparaba, aunque la drástica decisión de su padre la asustaba un poco y sabía que iba a traer cambios a la existencia de todos.

Quizás cuando su padre se retirara y dejara de necesitar sus servicios, ella pudiera por fin encontrar un empleo más satisfactorio. Algo mejor que cuidar de niños mimados y hacer de camarera en yates.

Fue un fin de semana complicado. Su padre llegó de mal humor .

—El gabinete de comunicación de Werner Langton recibió llamadas de la prensa del corazón sobre tus acompañantes —le dijo a modo de saludo—. Cada vez que veo a mis socios, me enseñan las fotos de sus nietos. ¿Qué quieres que les muestre yo? ¿Las fotos de mi hija mientras la detiene la policía a bordo de un yate?

—La policía no encontró nada —repuso ella mordiéndose el labio—. Y a nadie se le acusó de nada.

—Por pura suerte. Tienes que entender que no voy a permitir que salgas con tipos como ése.

—Yo era su empleada, papá. Parte de la tripulación del yate.

—Eso tampoco dice mucho de ti, tener que estar a disposición de gentuza como ésa...

–Pero sí que puedo ponerme un vestido de alta costura y sonreírle a la gente con la que haces negocios, ¿no? ¿No es eso para lo que me has llamado?

–Eso no tiene nada que ver. Ellos saben que eres mi hija y te tratan con respeto. Y así es como tiene que ser si alguna vez encuentras marido.

–Bueno, no estoy muy interesada en buscarlo.

–Más episodios como el del yate y no lo encontrarás nunca, ¿es eso lo que quieres?

Ella se quedó muy quieta de repente, recordando la mirada desdeñosa de un par de fríos ojos azules. Dos ojos que la juzgaban, que casi la desnudaban con la mirada... Un día que quería borrar de su memoria.

–Ya es hora de que recobres la cordura, Darcy –prosiguió Gavin Langton–. Y de que empieces a tomarte la vida en serio. Sólo Dios sabe lo que tu madre diría si pudiera verte ahora.

Su comentario la había dejado vulnerable y la crueldad de su última frase la dejó desolada.

–Ella no me diría nada porque yo no estaría aquí, sino lejos terminando alguna carrera universitaria con su bendición y aliento.

–Claro, algún absurdo título de ingeniería, ¿no? –comentó él con sarcasmo–. Para poder trabajar en la empresa. ¿Crees que permitiría que mi hija se contoneara por las obras con casco, dando órdenes y dejando que los hombres se rieran de ella a sus espaldas?

–No –repuso ella–. Pero siempre creí que me dejarías participar de alguna forma.

–Y puedes hacerlo, en la fiesta de la semana que viene. Quiero asegurarme de que la recepción vaya como la seda porque no todo el mundo está de acuerdo con la elección que he hecho. Algunos sienten que los he dejado fuera, que deberían haber sido ellos los elegidos, otros temen que sus puestos estén en peligro... Así que voy a necesitar que apacigües cualquier situación problemática que pueda producirse. Después de todo, a los accionistas no les gusta la guerra.

—No —asintió ella—. ¿Por qué estás haciendo esto, papá? Aún no estás en edad de retirarte. Podrías haber introducido a este hombre a un nivel más bajo y dejar que probara su valía, antes de darle el mejor puesto de la empresa, el de más responsabilidad.

—He dado toda mi vida a Werner Langton —contestó con dureza—. He viajado por todo el mundo construyendo puentes y centros comerciales. Estaba en Venezuela cuando tu madre murió. He pensado miles de veces que, si hubiera estado aquí, habría podido hacer algo, que ella aún estaría con nosotros. Quiero disfrutar del tiempo que me queda —añadió con una sonrisa algo triste—. Yo ya he cumplido. Sé que Joel Castille hará un buen trabajo y seguirá mis directrices.

—¿Y no se te ocurrió decírmelo antes, para que pudiéramos hablarlo? —le preguntó despacio.

—Y tú me habrías aconsejado desde tu vasta experiencia, ¿no? —dijo él sacudiendo la cabeza—. Yo tomo mis propias decisiones. Lo mejor que puedes hacer es aceptar lo que he resuelto y conseguir que la fiesta sea un éxito.

La miró de arriba abajo, frunciendo el ceño al ver sus vaqueros y la camiseta que llevaba.

—Y cómprate un vestido nuevo. Algo con estilo que te haga parecer una mujer de verdad. No olvides que tienes que hacerles olvidar el episodio del yate.

Darcy sintió cómo las manos se le tensaban, pero intentó relajarse y sonreír.

—Sí, papá. Por supuesto.


—El invitado de honor llega tarde —murmuró la tía Freddie—. Y tu padre se pone nervioso...

—No es mi problema —contestó Darcy sonriendo sobre su copa de champán—. No querrá que salga a buscarlo. A lo mejor sabe que hay diferencias entre los altos cargos y ha cambiado de opinión.

–No digas eso ni en broma. ¿Te imaginas que desastre?

–Sí, pero al menos estás aquí para ayudarme a salir de la situación. Te lo agradezco de verás, Freddie. Ya sé cuánto odias Londres.

–Sí, pero supongo que de vez en cuando una visita es inevitable –dijo su tía mirando a su alrededor y suspirando–. ¡Qué noche tan desagradable! Mira todas esas caras de resentimiento...

–Sí, además de un camarero borracho, una camarera que ha tirado una bandeja de canapés encima de la mujer del director financiero... ¿Qué más puede pasar? –le recordó Darcy.

–Puede que ésas lleguen a ser las anécdotas de la noche –le dijo tía Freddie–. Estás encantadora, cariño, ¿pero, por qué siempre de negro?

Darcy miró su vestido. Se ceñía a su cuerpo, resaltando su figura. Tenía estrechos tirantes, falda cortada al bies que llenaba de volumen y movimiento cada paso que daba.

–¡Vaya! Parece que el invitado errante por fin ha llegado –comentó su tía con alivio.

Darcy se giró hacia la entrada. Un grupo de ejecutivos rodeaban ya al recién llegado y su padre le bloqueaba la vista. Pensó que tendría que ir hacia allí. Al fin y al cabo era la anfitriona.

Dio un paso. El grupo de hombres se movió y por fin lo vio. Lo reconoció al instante y se quedó atónita. Delante de ella estaba la imagen que había llevado grabada en su mente durante dos años. La imagen inolvidable de un hombre alto, con pelo oscuro y una mirada fría y azul.

No se trataba de una pesadilla ni de una alucinación. Estaba allí, en esa habitación, respirando el mismo aire que ella, mirando a su alrededor, casi como si buscara a alguien...

# Capítulo 2

DARCY no podía moverse. Apenas podía pensar. En cualquier otro acto social, se habría escabullido discretamente. Pero no en ése. No esa noche. No iba a poder.

Intentó recomponerse y ser racional. Pensó que él no se acordaría, que habían pasado dos años y que había sido en una habitación con poca luz. Ella había cambiado desde entonces. Era mayor y estaba más delgada. Además, él tampoco esperaba verla allí.

Pero, cuando sus ojos se cruzaron por fin, Darcy sintió que su mirada la hacía tambalearse.

Se quedó paralizada durante una décima de segundo. Después, levantó la barbilla y le devolvió la mirada con tanto veneno como pudo reunir.

Pero sólo para darse cuenta con horror de que él estaba cruzando el salón. Se quedó frente a ella, cuando debería haber sabido, de tener algo de sentido común o tacto, que Darcy no querría volver a verlo en su vida, que las miradas que acababan de intercambiar lo habían dicho todo.

Se dio cuenta de la sorpresa de su tía Freddie, que observó la escena en silencio unos segundos.

–Señor Castille, me alegro de verlo de nuevo. Creo que no conoce a mi sobrina. Darcy, este caballero es el nuevo director general de Werner Langton, Joel Castille.

Ella estaba lista para seguir el juego. Darle la mano y seguir su camino, pero él tenía otra idea.

–La verdad es que la señorita Langton y yo ya nos conocimos, aunque sólo brevemente. Fue hace dos años, más o menos cuando se casó Harry Metcalfe. Seguro que se acuerda.

–No –repuso Darcy con fría claridad–. No lo recuerdo.

–¿Está seguro de que fue la boda de los Metcalfe? Porque ninguno de nosotros fuimos. Estábamos invitados, pero sólo por compromiso. Darcy estaba en Londres, con unas amigas. Y estabas enferma, ¿no? –añadió preguntándole a su sobrina–. Si no recuerdo mal, una severa migraña. ¡Una verdadera pena!

–Sí, una pena –repitió Joel Castille–. ¿Sufre migrañas con frecuencia, señorita Langton?

–De hecho, creo que ahora mismo me está empezando una.

–El caso es que no nos conocimos en la boda –le explicó él a la tía–. Sino en una de las fiestas que hubo antes. ¿No es verdad, señorita Langton?

–Está claro que su memoria es mejor que la mía –repuso ella con frialdad–. Porque no lo recuerdo en absoluto.

–¡Qué pena! Para mí nuestro encuentro fue electrizante e inolvidable –le dijo mientras la miraba de arriba abajo.

Lo hizo con la misma apreciación masculina que nunca había conseguido olvidar del todo. Era una mirada que sugería que estaba frente a él desnuda.

–Estoy deseando renovar nuestra amistad –añadió antes de alejarse de ellas.

–¿Qué es lo que te pasa? ¡Has estado casi grosera con el señor Castille! –le reprochó su tía.

–A mí no me parece tan irresistible como él se cree. Con suerte, no tendré que volver a verlo.

Se pasó el resto de la velada intentando evitarlo. Trató de ser discreta. Él dejó que supiera, sin acercarse a ella, que sabía dónde se encontraba a cada momento, y eso la sacaba de quicio.

Pero Darcy tuvo que reconocer que aquel hombre tenía talento para las relaciones sociales. Al poco tiempo el ambiente comenzó a relajarse. Las caras de algunos de los presentes parecían más felices. La gente se acercaba a él para hablarle y éste los escuchaba.

Vio cómo su padre disfrutaba con todo aquello. Era su gran noche, había triunfado. Parecía que por lo menos había ganado el primer asalto.

Pero Darcy sentía que su corazón se hundía. No parecía posible esperar que su desesperada plegaria fuera a ser contestada. No albergaba esperanzas de que aquel hombre fuera a desaparecer de su vida en un futuro cercano. Joel Castille era demasiado real para esfumarse.

Oyó a su padre reírse. Sólo le faltaba adoptarlo. Tomó otra copa de champán de una bandeja que pasó a su lado. Quería salir de allí. Rezaba para que la noche acabara pronto.

El instinto le decía que no lo había oído todo aún, que la buscaría antes de que se acabara la noche. Pero al menos entonces ya estaría preparada.

Acababa de despedirse del director de personal y de su mujer cuando se le acercó Joel Castille. Instintivamente dio un paso atrás. Pero fue peor, porque se quedó arrinconada en una esquina.

—No tiene ni idea de cuántas ganas tenía de que llegara esta noche —le dijo él.

—Claro —repuso ella sin sonreír—. Acaba de conseguir uno de los mejores puestos de la industria. Felicidades. Ahora, haga el favor de dejarme en paz.

—La verdad es que no sabía que era la hija de Gavin. No hasta que vi su foto sobre el piano en el salón de Kings Whitnall. En ella está más joven, más inocente, pero fue fácil reconocerla.

La miró de nuevo de arriba abajo.

–Esta noche lleva negro otra vez. Pero, claro, es su color. Hace que su piel parezca de marfil. Recuerdo que pensé lo mismo cuando la conocí. Además, el blanco tampoco sería apropiado, ¿verdad?

–Si usted lo dice.

Darcy pensó que el negro no era un color. Era la oscuridad. Era luto. Era un gran agujero en medio del universo, lleno de nada.

–Harry dijo que era la hija de unos vecinos y yo sabía dónde vivía él. Si hubiera atado cabos...

–Habría llegado a la conclusión equivocada, como la última vez.

–Escucha, preciosa. Las rubias monas como usted que aparecen sin ser invitadas en las fiestas de solteros acaban por ser objeto de malos entendidos. Es normal. Además, usted no hacía striptease, pero iba allí a buscarle un problema a Harry. No me hizo falta más que verle la cara a Harry para saberlo.

«La cara de Harry. ¡Dios Mío! La cara de Harry...», recordó ella con dolor.

–¿Y qué derecho tenía a interferir?

–Emma, la mujer de Harry, es mi prima. La conozco desde que era niña y quiero que sea feliz. Yo no habría elegido a Harry Metcalfe como marido para ella, pero Emma lo quiere, así que no iba a dejar que una desvergonzada niña mimada como usted arruinara su boda.

Se quedó blanca como una sábana.

–¿Cómo se atreve? No me conoce... No me conoce de nada.

–El novio me lo contó todo. Me dijo que llevaba años enamorada de él, que siempre había estado detrás de él, intentando atraer su atención. ¿Va a negarlo?

–No –contestó.

Era casi una niña y él era como un dios para ella. Un joven atractivo y elegante. Tenía muchas esperanzas y sueños. Quería que él se fijara en ella, pero no que pasara lo que pasó.

–Después, y a pesar suyo, tuvieron una breve aventura –prosiguió él–. Harry lo admitió. Y también que había sido un error y que quería olvidarse de todo. Pero no lo dejaba. Siguió llamándolo, mandándole mensajes y casi acosándolo. Me dijo que tenía una patética obsesión con él y que le pedía que rompiera con Emma y que se casara con usted.

Darcy suspiró temblorosa.

–Y por supuesto lo creyó.

–¿Por qué no? He visto con mis propios ojos lo persistente que puede ser –dijo mirándola con desdén–. ¿Es que va a decirme que no se acostó con Harry? ¿Que se lo ha inventado?

–No. No puedo decirlo. Y sé que tenía novia, pero no sabía que fuera a casarse. No hasta que llegaron las invitaciones de boda.

–Pero había intentado hablar con él antes de ir esa noche al club, ¿no? Es verdad que no se conformaba con un no por respuesta, ¿verdad?

–Sí.

«Tenía que saber por qué había hecho lo que hizo conmigo cuando estaba enamorado de otra persona. Estaba prometido. Tenía que preguntarle por qué», pensó Darcy.

Además, después de saber que lo que Joel acababa de llamar «aventura» iba a tener consecuencias, se asustó, se asustó mucho. Y no sabía qué hacer. No tenía a nadie con quien hablar.

–¿Intentaba detener la boda?

–Sí, supongo que sí...

La verdad era que ya no lo recordaba. Lo único que quería entonces era que Harry la escuchara, que se responsabilizara por lo que había hecho. Pero lo único de lo que se acordaba era de las caras de los hombres mirándola. Caras sudorosas, risas, gritos y las manos de ese hombre... Eso era lo que mejor recordaba.

—Entonces me alegro de que no se salicra con la suya —dijo él con crudeza—. Porque eso habría roto el corazón de Emma.

—¡Perfecto! —repuso ella con dolor—. Todo ha terminado y no ha pasado nada. ¿Podemos dejarlo? Creo que ya ha dicho todo lo que tenía que decir. Ha removido un montón de cosas del pasado que preferiría olvidar. Además, la gente se está marchando y tengo que despedirlos.

—Claro. La única hija de papá, la anfitriona... —comentó él con una mueca—. Si él supiera...

—Dejemos que viva en la ignorancia, ¿de acuerdo? —contestó ella, mirándolo desafiante—. Como tu prima Emma.

Intentó pasar a su lado, pero él la detuvo poniéndole una mano en el hombro.

—Espero que no tenga aún fantasías sobre Harry. Porque su vida podría ser muy desagradable...

—No... No me toque —repuso atragantándose con las palabras—. Ni ahora ni nunca. Mi única fantasía, señor Castille, es no volver a verlo en mi vida.

—Por desgracia, eso no va a ocurrir. Así que será mejor que lo aceptemos y sonriamos cuando nos veamos. O la gente lo notará.

Él la miró de nuevo, esa vez más despacio, deleitándose en cada parte de su cuerpo. Darcy vio cómo su boca se suavizaba y curvaba en una sonrisa.

Un simple gesto que produjo en ella reacciones para las que no estaba preparada, cosas que no quería que ocurrieran. Esa sonrisa la besó en los labios y le acarició con delicadeza los pechos.

Su corazón comenzó a palpitar a mil por hora y sintió cómo su pálida piel enrojecía. Supo que él se había dado cuenta. Su sonrisa también le dijo eso.

Se recompuso como pudo, lo miró con desprecio y se alejó de allí, preguntándose, al mismo tiempo, si él la estaría observando mientras caminaba.

–Te vi hablar durante un rato con Joel –le dijo Gavin Langton con satisfacción–. Has estado muy bien esta noche, Darcy. Muy bien.

–Gracias –contestó ella con voz neutra.

Pero su corazón aún galopaba mientras observaba a su padre, de pie frente a la chimenea del salón de su casa de Chelsea, tomándose una copa de coñac. Por dentro se sentía vacía. Le habría gustado irse directamente a la cama, pero su padre quería hablar de la velada.

–¿Qué te ha parecido Joel Castille?

Intentó no tensarse al oír su nombre.

–Pensé que mi papel era sólo decorativo, que no se me iba a exigir tener una opinión.

–Eres una chica guapa. Y él es un hombre atractivo. Debe de haber habido algún tipo de reacción.

Y la había habido, pero prefería no pensar en ello.

–Era el invitado de honor y fui educada con él, que era lo que querías que fuera. Pero dudo mucho que lleguemos a ser amigos.

Aún estaba temblando después de los últimos minutos que había pasado en su compañía. Se sentía encolerizada por la manera en la que la había mirado. Había sido degradante.

–¿Y por qué?

–Bueno, no tengo mucho contacto con la empresa, así que no creo que surja la ocasión –repuso ella con diplomacia.

–Yo no estaría tan seguro. Joel ha pasado el último año y medio en Estados Unidos pero, de ahora en adelante, estoy pensando en hacer más fiestas y cenas.

Quiero asegurarme de que conozca a gente. Además, creo que irá bastante por Hampshire.

–¿Por qué?

–Harry Metcalfe y su esposa vuelven pronto de Malasia y se van a vivir a casa de los padres de Harry hasta que encuentren una propia.

La cabeza comenzó a darle vueltas. No podía creerse lo que oía. Se le secó la boca.

–No tenía ni idea –contestó como pudo.

–Joel es familia de Emma Metcalfe. Son primos, pero, para él, es casi como si fuera su hermana pequeña, le preocupa mucho. El clima de Malasia no le ha sentado bien, sobre todo ahora que está esperando un bebé. Así que está especialmente protector con su prima.

El mundo desapareció a su alrededor. Todo se volvió rojo y la envolvió un dolor que pensó que había enterrado para siempre. De no haber estado sentada, quizás se habría desmayado.

«Un bebé...», se repitió.

–Así que tiene a dos hombres cuidando de ella. A su marido y a su primo. ¡Una chica con suerte! –dijo ella.

–Nunca me ha caído bien el joven Metcalfe. No me parece un joven con carácter. Ya sé que andabas detrás de él. Siempre me alegré de que no viniera a pedir tu mano.

–Sí, menos mal que tenía a Emma.

Le habría gustado poder apreciar la ironía de lo que estaba pasando, pero era demasiado. Sólo quería meterse en un oscuro y pequeño agujero, y digerir de nuevo su pena. Algo que había creído que nunca iba a tener que hacer de nuevo.

–Las cosas van a cambiar para todos, Darcy. Y muy deprisa. Creo que ha llegado el momento de que tú y yo hablemos sobre el futuro.

–Claro, papá. Pero no hoy –dijo recomponiéndose–. Esta noche estoy agotada.

–Ya. Supongo que aún no te has recuperado de las juergas del yate –repuso él de mala manera–. Bueno, acuéstate, hija mía –añadió algo más calmado–. Esta noche he estado orgulloso de ti –le dijo dándole un beso en la frente–. Sigue así.

Darcy le sonrió brevemente y salió del salón deprisa.

En cuanto llegó a su dormitorio, se echó boca abajo en la cama y se quedó allí muy quieta, preguntándose incrédula cómo sólo durante una breve velada podían cambiar tanto las cosas. Quería evitar a toda costa que ocurriera nada más. Se sentía atrapada.

Si se quedaba en Londres, no iba a poder evitar para siempre al nuevo director general de Werner Langton. Sobre todo cuando su padre parecía querer incorporarlo a su vida social.

Y si iba a Kings Whitnall, iba a tener que encontrarse con Harry y su embarazada mujer.

Se preguntaba si ese embarazo había sido la razón de la amenaza de Joel Castille. No entendía cómo ese hombre podía pensar que ella aún podía fantasear con Harry. Claro que se había tragado todo lo que éste le había contado, así que, por otro lado, no le debería de extrañar.

Se estremeció y sentó en la cama, apartándose el pelo de la cara. La imagen que el espejo le devolvió, desde el otro lado de la habitación, era la de una joven pálida y con el rostro desencajado. Alguien a quien apenas conocía.

Se quitó el vestido y decidió, mientras recordaba con disgusto a Joel mirándola de arriba abajo, que no volvería a ir de negro.

Al día siguiente iría a la agencia de empleo e intentaría encontrar trabajo como au pair cuanto más lejos mejor. Se quitó el maquillaje y metió en la ducha, disfrutando de la refrescante sensación del agua sobre su piel.

Tenía que alejarse lo más posible y tan pronto como pudiera de allí. Así que tendría que aceptar lo primero que le ofrecieran.

Se secó, se puso un camisón y volvió al dormitorio. Se sintió algo sofocada y fue a abrir la ventana. Había empezado a llover, pero la abrió de todas formas, sintiendo el aire frío entrando en la habitación.

Se metió en la cama y se cubrió bien con el edredón. El tráfico de Londres nunca le había molestado y la plaza donde vivían era bastante tranquila. El distante sonido de los coches unido al ruido de la lluvia salpicando los cristales era soporífero.

Había creído que no iba a poder dormir, pero lo consiguió. Soñó con calles mojadas y una puerta que no le abrían, por mucho que golpeara. Se despertó de madrugada, sobresaltada y con lágrimas rodando por sus mejillas.


Darcy se quitó la chaqueta negra y la dejó sobre el respaldo del sofá con su bolso. Se sentó y quitó los zapatos. Descansó unos minutos, flexionando los dedos de los pies con un gesto de dolor. Debía de haber caminado durante horas, pero no había conseguido nada.

El mercado de au pairs estaba copado por solicitantes más baratas y entusiastas de la Europa del Este. El único puesto que estaba disponible era uno para el que ya había trabajado el año anterior, trabajando para una pareja americana en París, que tenían tres niños hiperactivos a los que querían criar en total libertad, sin ningún tipo de disciplina. Además, Darcy acababa de enterarse de que acababan de tener un cuarto hijo. Los de la agencia le confesaron que nadie se quedaba con ellos más de una semana.

Esperaba que su tía Freddie hubiera tenido más suerte en lo que fuera que la había llevado a Londres ese día. Había sido muy misteriosa durante el desayuno, diciéndole que no podía quedar con ella para comer porque no estaba segura de cuáles serían sus planes.

–Hola, señorita Langton –le dijo el ama de llaves, la señora Inman–. ¿Podría echar un vistazo al comedor y asegurarse de que todo está bien para la cena antes de subir a cambiarse?

Darcy se miró. Llevaba una blusa blanca de seda y una falda color ciruela. Le pareció que estaba bastante bien para una simple cena familiar. La señora Inman era un tesoro, pero no tenía demasiada confianza en sus propias habilidades.

–Sólo somos nosotros tres a cenar, señora Inman. Estoy segura de que la mesa está preciosa.

–Bueno, si está segura. Pero su padre parece creer que...

La mujer sonrió nerviosa y no terminó la frase, abandonando la habitación.

Darcy se acurrucó en el sofá, desabrochándose unos cuantos botones de la blusa. Había sido un día bastante duro. Echó la cabeza hacia atrás y cerró los ojos.

Empezaba a quedarse dormida cuando oyó el timbre. Se sentó sorprendida, preguntándose quién sería. Quizás sólo se tratara de su tía, no era la primera vez que se olvidaba las llaves.

Se abrió la puerta del salón. Giró la cabeza, lista para hacerle algún comentario sarcástico a su tía y se quedó helada al ver a Joel Castille entrar en la habitación.

Él se detuvo, enarcando las cejas con ironía al ver la expresión de horror en la cara de Darcy.

–Buenas noches.

–¿Qué demonios hace aquí? –dijo ella levantándose rápidamente y buscando los zapatos que acababa de quitarse.

Él no pudo evitar sonreír.

–Vaya, vaya. Creo que acaba de dejar por los suelos su imagen de perfecta anfitriona. ¿Es que no sabía que su padre me había invitado a cenar?

–No –dijo con dureza–. Es obvio que no.

Se moría de ganas de cerrarse los botones de la blusa, que él ya había percibido, pero eso sólo habría atraído más comentarios sarcásticos.

–Me pregunto por qué no. Quizás pensó que, si se lo decía, se le ocurriría alguna excusa para no asistir, como algún compromiso anterior o algo así.

–Y habría estado en lo cierto. Los dos tendrán que disculparme pero, bueno, seguro que tienen mucho de lo que hablar. Yo sólo sería un obstáculo.

Intentó ir hacia la puerta, pero él la detuvo rodeando su brazo con la mano. Ella se soltó y lo fulminó con la mirada.

–No vuelva a tocarme. Nunca.

Él se echó hacia atrás, fingiendo rendición.

–Sólo una palabra de aviso, señorita Langton. No creo que a su padre le guste que desaparezca esta noche. Parece que quiere que seamos amigos.

–Otra cosa que ha decidido no comentarme –repuso ella levantando la barbilla–. ¿Por qué no le ha dicho que perdía el tiempo?

–Porque parecía un poco inoportuno. Y me pareció que, por el bien del futuro, podríamos desarrollar una relación laboral. Sólo temporal, por supuesto. Hasta que se retire por completo.

Ella sacudió la cabeza, indignada al darse cuenta de que los ojos de Joel Castille estaban fijos en su blusa.

–No, señor Castille. Ni siquiera durante los próximos cinco minutos.

–¡Qué pena! Porque su padre no me parece el tipo de hombre que lleva bien las decepciones. Es algo que tenemos en común.

–Entonces es lo único que tienen en común. Y si supiera cómo me trató en aquella ocasión, ahora mismo estaría buscando otro trabajo.

–Y lo encontraría fácilmente –repuso él–. ¿Cómo es su currículum laboral? ¿Lo tiene registrado la policía?

–¿Cómo se atreve? –repuso ella sonrojándose.

–Bueno, es un secreto a voces. Drew Maidstone es bastante conocido y usted es muy fotogénica. Y, ya que estamos siendo sinceros, debería estarme agradecida. La saqué de esa fiesta de hace dos años justo a tiempo. La gente había estado bebiendo y las cosas podían haberse puesto muy feas. Seguro que se acuerda de ello.

–Lo recuerdo. Recuerdo que usted era otro animal en una manada de lo más desagradable. Así que no venga ahora buscando gratitud, que no la va a encontrar.

Él ya no sonreía y Darcy vio un músculo temblar en la comisura de su boca.

–Sea como sea, creo que será mejor que se quede a cenar esta noche.

–Si alguna vez necesito su consejo, se lo pediré –contestó ella recogiendo el bolso y su chaqueta y saliendo del salón.

Estaba a punto de abrir la puerta principal cuando oyó a su padre.

–¡Darcy! ¿Adónde vas?

Se volvió y vio a su padre bajando las escaleras con expresión reprobatoria.

–Voy a visitar a Lois. Hemos quedado en su casa para ver un par de películas, pedir una pizza... Ya sabes, lo típico –contestó sin darle importancia–. ¿No te lo dije?

–Supongo que se me olvidaría. Pero me temo que tienes que cancelarlo porque, como ves, tenemos un invitado y necesito que te quedes y seas la anfitriona de la velada.

–Bueno, la tía Freddie parece ser una de las muchas admiradoras que tiene el señor Castille, así que estoy segura de que no le importará sustituirme esta noche.

–Tu tía volvió esta tarde a Kings Whitnall. Te pago una generosa asignación, Darcy, y espero que, a cambio, de vez en cuando te ganes ese dinero. Así que sube arriba, adecéntate y únete luego a nosotros para tomar una copa de jerez –dijo ignorando su mirada suplicante.

De mala gana, Darcy fue a su dormitorio. Se lavó y aplicó crema, pero no se maquilló, ni siquiera se puso perfume. Se cepilló el pelo y se lo recogió con un prendedor en la nuca.

Se abrochó todos los botones de la blusa y se enderezó la falda.

Cuando terminó, bajó las escaleras hasta el salón. Angustiada, como si fuera camino del matadero, sabiendo que allí la esperaba una pesadilla.

# Capítulo 3

ESPERABA ser recibida con una mezcla de burla y triunfo, pero se equivocó. Joel Castille se levantó con educación en cuanto la vio entrar, con una sonrisa amable en su boca. Segundos después, le llevó una copa de un excelente jerez que ella le pidió con apenas un hilo de voz.

Su padre y él siguieron entonces la conversación que ella había interrumpido con su llegada y dejaron a Darcy tranquila.

Le habría gustado poder desconectar y no fijarse en lo que pasaba en el salón, pero era muy difícil hacerlo. El enemigo estaba demasiado cerca, sus largas piernas estiradas, su rostro, moreno y expresivo, se llenaba de vida mientras hablaba. Joel hablaba de un proyecto en el que había estado metido en Colombia y de todos los problemas que su equipo había tenido que afrontar allí. Le fastidió sobremanera darse cuenta de que la historia captó pronto su atención y no tardó en estar completamente cautivada. Muy a pesar suyo.

Para colmo de males, con el paso del tiempo, Darcy se dio cuenta de que estaba estudiándolo furtivamente, fijándose en su elegante traje gris oscuro y en cómo su chaleco acentuaba su esbelto cuerpo.

Tenía que admitir, aunque a regañadientes, que era atractivo. Pero se convenció de que no era su tipo, no era la clase de hombre que le resultaba interesante. Se imaginó, eso sí, que si su amiga Lois llegaba alguna vez

a conocerlo, lo describiría como una auténtica bomba
sexual.

Pero aunque no hubiera vivido aquella desagradable
experiencia dos años atrás, nunca podría dejarse seducir
por alguien como Joel Castille. Estaba demasiado blin-
dado por su propia arrogancia, su sentido del poder.

Estaba claro que era muy bueno en su trabajo, incluso brillante, y que había nacido para contar historias.
Pero estaba deseando que su padre se retirara completamente para no tener que relacionarse más con él.

Antes de que llegara tan feliz día iba a tener que salir de su esfera de influencia. Sentía la urgencia de hacerlo, estaba convencida de que era necesario. Porque
no podía permitir que uno de los dos cometiera algún
desliz y su padre supiera que se habían conocido dos
años atrás. Aquello sólo conseguiría remover oscuros
secretos que estaban mejor enterrados. Eso sería un desastre.

Y el hecho de que Harry fuera a volver a vivir cerca
de ellos no hacía sino añadir presión, porque le sería
muy fácil a Joel Castille jugar con ella y hacerle daño
de alguna manera.

No quería ni pensar en esa posibilidad, tenía que
calmarse y evitar que las cosas llegaran demasiado lejos. Entonces todo iría bien. Al menos, pensaba que podría sobrevivir.

Decidió que al día siguiente volvería a la agencia y
les dejaría clara su intención de aceptar cualquier trabajo que tuvieran disponible, aunque eso supusiera tener
que volver a París con los Harrison y sus temibles hijos.

Se dio cuenta de pronto de que se habían quedado
en silencio y de que ambos hombres la miraban. Los
ojos de Joel la observaban con especial atención.

–Le comentaba a Joel lo preciosos que están los
bosques alrededor de Kings Whitnall ahora mismo, con
los colores del otoño... –le dijo su padre efusivamente–.

Tendremos que convencerlo para que vaya de nuevo y lo compruebe en persona.

–El señor Castille es un hombre de mundo –repuso ella con frialdad evitando mirarlo a los ojos–. No creo que unas pocas hojas otoñales le interesen.

–Siempre me ha fascinado la belleza, señorita Langton –contestó–. Se encuentre donde se encuentre. Y tenga la forma que tenga –añadió con suavidad.

Darcy no pudo evitar tensarse al oír sus palabras. La señora Inman la rescató al llegar en ese momento para avisarles de que la cena estaba lista.

No tenía apetito, pero como sabía que si no comía su padre lo comentaría, se esforzó en probar todos los platos según iban llegando a la mesa.

Ahora ya era demasiado tarde, pero se había dado cuenta de que había sido una estúpida al dejar que Joel Castille supiera que le importaba volver a tener que vérselas con él.

Debería haber sonreído y quitarle importancia a todo el asunto, incluso hacerle creer que todo se había tratado de una broma que había salido mal. Que ella era sólo una de una serie de chicas que iban a aparecer en escena para burlarse de Harry. Quizás no la hubiese creído, pero, de haber insistido, habría terminado por aceptar su historia. Así podría haber salido airosa de la situación.

Pero, por culpa de su torpeza, estaba metida en una trampa que estaba convirtiéndose en un infierno.

Descubrió que era muy difícil verse forzada a conversar con alguien y mantener al mismo tiempo las distancias. Sobre todo cuando esa persona había leído los mismos libros que ella, había visto las mismas películas y escuchado la misma música.

Joel Castille se estaba convirtiendo ante sus ojos en alguien agradable y eso no le gustaba. Lo prefería cruel y amedrentador. Era más fácil rechazarlo cuando se comportaba de esa manera.

Lamentó que su tía hubiera tenido que volver a Kings Whitnall.

La verdad era que casi podía oír a su padre ronronear de felicidad. Ella, en cambio, gritaba furiosa y frustrada por dentro.

«Muy bien, cometí un error cuando tenía dieciocho años, pero ya he sufrido bastante por ello. No necesito que la gente me hostigue continuamente por ello y menos personas como tú. ¡Déjame ya en paz!», pensó ella con amargura.

Y tendría que quedarse allí el resto de la cena y soportar todo lo que le viniera en gana decirle porque no podía siquiera usar sus migrañas como excusa. Él sabría que estaba mintiendo.

Aun así, fue Joel Castille el que puso fin a su malestar, bebiéndose el café y levantándose.

—Siento dar por terminada una velada tan agradable, pero mañana tengo que levantarme temprano, tengo un día muy complicado. Si me disculpan...

—Siempre y cuando prometas volver a cenar pronto con nosotros —le dijo Gavin Langton mientras le daba una afectuosa palmada en la espalda—. Acompaña a Joel hasta la puerta, por favor, cariño —añadió dirigiéndose a Darcy.

Pensó, mientras lo escoltaba hasta la entrada, que sólo tendría que soportarlo unos minutos más.

—Buenas noches, señor Castille —le dijo sosteniendo la puerta abierta y sin sonreír.

Pero él se paró y la miró con detenimiento.

—Parece una secretaria preparada para tomar notas. Prefería su desaliñado aspecto anterior, con el pelo suelto y la blusa desabrochada.

—Sus preferencias personales no me interesan —repuso ella sintiendo un escalofrío por todo su cuerpo—. Por lo que a mí respecta, usted está en esta casa de paso.

—¿Y no se le ha ocurrido pensar que lo mismo se

puede decir de usted? –repuso él–. Dígame una cosa, ¿qué es lo que esperaba conseguir al ir al club aquella noche de hace dos años?

–Eso no le incumbe.

–Satisfaga mi curiosidad.

–No.

–¿Por qué no?

–Porque ya sabe demasiado de mí –dijo ella mirándolo con sus ojos verdes llenos de ira–. Soy una destructora de matrimonios. No necesita saber más.

–En eso no estamos de acuerdo –contestó él hablando con estudiada lentitud–. Porque acabo de empezar a averiguar cosas sobre usted. Y tengo la intención de descubrir todo lo que hay que saber.

Y con esas palabras, pasó a su lado y salió de la casa.

No le iba a servir de mucho dar un portazo a esas alturas, pero lo hizo de todas formas y, descubrió, decepcionada, que no le hizo sentirse mejor.

Volvió al salón y encontró a su padre sentado, tomando un coñac y con aspecto melancólico. Quizás fuera por la luz de la lámpara, pero su cara le pareció por un momento algo demacrada.

–Has tardado en despedirte.

–No es eso. Es que el señor Castille no sabe cuándo está quedándose más de la cuenta y abusando de nuestra hospitalidad.

–A propósito de hospitalidad, creo que deberías haberte arreglado un poco más para una cena con invitados como la de esta noche, ¿no crees?

–Lo haré cuando tengamos invitados, pero el señor Castille parece que ya es un miembro de la familia –contestó con frialdad.

–Quizás lo sea. Cuando hablo con él, me veo a mí mismo a su edad. Es justo lo que Werner Langton necesita.

–Algo que yo nunca podría ser, claro –dijo ella sin ocultar su dolor–. ¿Por qué no lo dices, papá? Es el hijo que nunca has tenido.

–Bueno, tampoco soy un viejo decrépito –replicó él–. Aún podría llegar otro Langton a tomar las riendas del negocio. Nunca he jurado celibato, ¿sabes?

–No, claro que no.

Se fue a la cama reflexionando sobre las palabras de su padre. Se preguntaba si de verdad consideraría la posibilidad de casarse de nuevo y si ella estaría preparada para tener una madrastra y hermanos más jóvenes que ella. Aquél dejaría de ser su hogar. No sabía lo que su tía Freddie haría si aquello llegaba a ocurrir. Ella había dejado de pintar cuando su hermana falleció, mudándose a Kings Whitnall para cuidar de la casa y de la pequeña y desconcertada Darcy.

Cuando creció, Darcy había llegado a comprender que a su tía le importaba más Gavin que lo que él llegaría nunca a entender. Se imaginaba que estaba tan acostumbrado a verla a su alrededor, que ya no la veía como a una mujer, como a alguien a quien podía llegar a amar.

Colgó su falda en el armario y el resto de la ropa lo dejó en la cesta de la ropa sucia para que la señora Inman se encargara de ella. Iba a echar de menos esos lujos.

Kings Whitnall siempre había sido su tabla de salvación, el lugar a donde siempre podía volver. Un sitio seguro y acogedor del que iba a tener que aprender a ser sólo una invitada a partir de entonces. Pero al menos no iba a tener que vérselas más con Joel Castille.

Se metió en la cama sin poder evitar pensar en cómo la había mirado antes de irse. Recordó la promesa que le hizo con su suave voz y que amenazaba desde entonces la poca cordura que le quedaba. No pudo evitar sentir un escalofrío y cubrió mejor su cuerpo con el edredón.

Sin pensárselo dos veces, fue hasta Kings Whitnall al día siguiente. Justificó el viaje diciéndose que necesitaba hablar con su tía Freddie. Pero la esperaba una sorpresa.

–Darcy, hija mía –le dijo su tía mientras le servía té en el salón–. No te preocupes por mí, por favor. A mí no se me necesita aquí más. Así que estoy lista para irme a otro sitio.

–Pero, ¿adónde vas a ir? –le preguntó ella mordiéndose el labio–. Si tuviera un trabajo de verdad, podríamos buscarnos un piso. Pero no tengo nada ahora mismo. Estaba pensando en volver con esa familia tan horrorosa de París, pero parece que han encontrado a otra persona mientras me decidía, así que no me puedo permitir el lujo de alquilar ni un cuchitril.

–Bueno, no te preocupes demasiado –contestó su tía con un tono que le sorprendió–. Estoy segura de que tu padre tiene planes para ti. Y yo tengo adónde ir. He ido a Londres para hacer algunos preparativos. ¿Recuerdas a Bárbara Lee, mi amiga de la universidad de Bellas Artes? Es directora de un colegio y ayer me entrevistaron para un puesto de profesora de arte. Me han aceptado. Empiezo el mes que viene. Estoy muy emocionada. Es lo que necesito.

–Suena maravilloso –le dijo su sobrina.

La verdad era que su tía parecía muy contenta, una mujer distinta. Ella, en cambio, estaba perdida. Y sabía perfectamente quién era el responsable de que su existencia se hubiera convertido en un caos. Maldijo en silencio a Joel Castille.

–Por cierto... –añadió con ligereza–. Creo que mi padre tiene la intención de invitar al nuevo jefe de Werner Langton por aquí de vez en cuando. ¿Puedes informarme de ello para poder evitarlo, por favor?

–¿Evitarlo? –repitió su tía sorprendida–. Pero, querida, ¿estás segura de que es una buena idea?

–¿Por qué no?

–Porque tu padre quiere que el señor Castille y tú os llevéis bien. Ya lo sabes.

–Y también sé que no va a suceder. Ya se lo he dicho. No puedo soportarlo.

La tía Freddie la miró de manera burlona.

–Pensé que la mayoría de las jóvenes lo encontrarían atractivo.

–Tú eres la artista de la familia, Freddie. Siempre me has dicho que mire más allá de la belleza superficial. Quizás no me guste lo que veo.

–¿En serio? –preguntó la tía poniéndose seria–. ¿Y es cierto que no lo habías visto nunca hasta la otra noche? Porque él parecía tener muy claro que ya os habíais conocido.

Darcy se encogió de hombros.

–Supongo que es una de las típicas frases que usa para ligar –sugirió ella.

–No creo que las necesite. Es guapo, rico y tiene éxito en lo que hace. Casi todas las chicas creerían que eso es suficiente.

–Entonces, yo debo de ser la excepción –respondió con una sonrisa–. Bueno, me vas a avisar cuando vaya a venir, ¿no?

–Si eso es lo que de verdad quieres... –repuso de mala gana su tía–. De hecho, tu padre llamó justo antes de que llegaras. Parece que los dos vendrán mañana por la tarde.

–¡Dios mío! No pierde el tiempo. Gracias, Freddie. Me iré por la mañana.

–¿Y qué quieres que le diga a tu padre? ¿Que se repite la historia y tienes otra migraña?

Se hizo el silencio entre las dos y Darcy se mordió el labio.

–Me encantaría contarte aquello, pero no puedo. Quizás algún día –dijo después de un rato–. Dile a papá que no tienes ni idea de nada. Después de todo, soy libre y dentro de seis meses cumpliré veintiún años. ¿Tengo que contarle lo que hago los fines de semana?

–Sé que va a sentirse muy decepcionado.

Cuando Darcy volvió a Chelsea, la señora Inman se sorprendió mucho de verla.

–El señor Langton me dijo que los dos iban a estar fuera, señorita, y que podía tomarme el fin de semana libre. Iba a ir a visitar a mi hermana.

–Puedes hacerlo. Apenas voy a estar en casa. Voy a comer fuera y sólo vendré a dormir.

–Bueno, si está segura... –respondió la señora Inman, aún algo nerviosa.

Darcy estuvo encantada de tener toda la casa para ella sola durante dos días.

Había esperado llamadas y mensajes en el contestador desde Kings Whitnall reclamando su presencia allí. Le sorprendió no recibir ninguna. Quizás su padre se había dado cuenta por fin de que Joel Castille y ella nunca podrían llevarse bien.

Cuando Gavin la llamó por fin el lunes por la mañana, no le hizo ninguna pregunta desagradable.

–¿Estás libre para comer? ¿Qué te parece si vamos a Haringtons a la una?

–Me encantaría –contestó ella contenta–. Es mi sitio favorito.

Él parecía estar de buen humor, como si quisiera fumar la pipa de la paz con su hija. Darcy no pudo evitar pensar en cómo habría sido el fin de semana con Joel Castille y en si éste habría mostrado interés en el paisaje otoñal después de todo. Pero decidió quitarse esas ideas de la cabeza. Los gustos de ese hombre no eran de su incumbencia, después de todo.

Se puso una falda recta de color crema y un jersey color miel con escote en pico. Se adornó las orejas con pequeños brillantes y se maquilló con colores neutrales. El pelo se lo dejó suelto, después de cepillárselo con cuidado.

Arreglada pero sin resultar llamativa. Tal y como le gustaba a su padre, porque sospechaba que estaban a punto de tener la charla sobre su futuro de la que ya le había hablado su progenitor la semana anterior. Creía que un buen aspecto le daría la oportunidad de comenzar con buen pie.

Sacaría de nuevo el tema de su formación en ingeniería. Intentaría hacerle ver que hablaba en serio, que quería colaborar.

Llegó al restaurante temprano. El camarero la acompañó hasta una mesa en una tranquila esquina. Era el escenario perfecto para una reunión privada. Se sentó algo nerviosa y pidió una copa de vino blanco.

Miró a su alrededor. No era el restaurante más elegante de Londres, pero la comida era maravillosa y eso hacía que casi todas las mesas estuviesen ocupadas. El comedor vibraba con las conversaciones.

Darcy y su padre llevaban años yendo allí. Incluso cuando era aún una colegiala, una comida en Haringtons era toda una fiesta, un momento especial.

Pensó que quizás fuera un buen presagio, después de todo, que su padre hubiera sugerido que quedaran allí ese día para comer.

Notó un repentino interés en la sala, una parada en las conversaciones, señal de que alguien acababa de entrar en el restaurante. Levantó la mirada con una sonrisa que murió en sus labios al ver quién era el que iba hacia ella. No podía creerlo.

–¡No! –susurró sin aliento–. ¡No me puede estar pasando esto! No me lo creo. No puede ser...

Se quedó en silencio mientras Joel se sentaba frente a ella a la mesa y desplegaba la servilleta sobre su regazo. El camarero le entregó la carta y la lista de vinos con gran ceremonia.

–¿Dónde está mi padre? –le preguntó ella en cuanto se quedaron solos.

–No ha podido venir –repuso él con una sonrisa–. Yo estoy ocupando su puesto.

–Por encima de mi cadáver –dijo ella tomando el bolso–. Me voy.

–Veo que le encanta hacer escenas –comentó él con suavidad–. Pero no creo que quiera hacer una aquí. A no ser que no quiera volver nunca más. Así que le recomiendo que se aguante, señorita Langton, y se quede exactamente donde está.

Despacio y de mala gana, Darcy soltó el bolso. Miró a su enemigo, elegante con su traje azul oscuro y su corbata de rayas. También observó, muy a pesar suyo, las largas y oscuras pestañas que enmarcaban su vívida mirada azul.

–¿Por qué está haciendo esto?

–Porque no me queda más remedio. Si hubiera pasado el fin de semana en Kings Whitnall, podríamos haber tenido esta reunión en privado. Lo que había sido el deseo de su padre, en un principio.

–Pensé que se había tomado mi ausencia demasiado bien –dijo ella con amargura–. Debería haberme supuesto que estaba tramando algo. ¿De qué reunión está hablando?

–Quizá deberíamos pedir antes. Algunas discusiones no deben tenerse con el estómago vacío.

–Entonces tomaré la crema de pimientos, el lenguado y una ensalada mixta –dijo ella rápidamente sin apenas mirar la carta.

Joel llamó a un camarero que pasaba por allí.

–Yo tomaré el pastel de verduras y el róbalo. Y una

botella de Chablis, por favor –dijo mientras miraba a Darcy y sus mejillas encendidas–. Y también una de agua mineral. Tráigala enseguida.

–¿Cree que voy a necesitarla? –preguntó con sarcasmo en cuanto se alejó el camarero.

–Aún estoy aprendiendo a interpretar sus reacciones. Y éste es nuevo territorio.

–Entonces le daré una respuesta que espero sea lo suficientemente clara –dijo con voz baja pero feroz–. No quiero estar aquí con usted. Esperaba no tener que volver a verlo en mi vida. Ojalá se fuera ahora mismo. ¿Estoy siendo bastante clara?

–Bueno, los deseos de su padre son muy distintos –le dijo–. Y él es aún el jefe. Lo que él quiere que pase es que me quede y disfrutemos de un agradable almuerzo los dos juntos. Entonces, mañana le encargaría a mi secretaría que le enviara flores. Hacia el fin de semana, la llamaría personalmente para invitarla a cenar. Después de eso, conseguiría entradas otro día para alguna obra que usted quisiera ver. Y así seguirían las cosas durante unos tres meses hasta que una noche, durante una cena romántica, probablemente en mi piso, le entregaría un carísimo anillo de diamantes y le haría la consabida pregunta. Le pediría que se casara conmigo.

Ella se quedó mirándolo boquiabierta.

–Está loco. Tiene que ser eso.

–Ya le he dicho que se trata del guión de su padre. No el mío. Y veo que no es el suyo tampoco.

–No.

–Entonces, ¿por qué no nos ahorramos un montón de tiempo y esfuerzo y vamos al grano? Olvidémonos de todo el cortejo sin sentido –dijo mirándola con frialdad–. Su padre quiere que se case conmigo. ¿Qué le parece? ¿Sí o no?

# Capítulo 4

EL ruido y el movimiento que los rodeaba se desvaneció por unos segundos. Darcy no oía otra cosa que las últimas palabras de Joel en su cabeza. Y no podía ver otra cosa que sus observadores ojos azules.

Por fortuna, pudo recobrar el sentido y la voz.

–No. No. Claro que no. Es obvio que no. No puede estar pensando en...

Suspiró y movió nerviosa las manos.

–¡Dios mío! ¡No! –repitió una vez más.

–¿No cree que debería al menos pensarlo un poco más?

–¿Pensármelo? Creo que tanto usted como mi padre han perdido la cabeza.

–¿Por qué lo dice?

–¿No es obvio? Yo lo detesto. Y yo, de todas las mujeres del mundo, debo de ser la última que elegiría como esposa. Así que, ¿por qué no le dice eso a mi padre y pone fin a este sinsentido?

–Por otra parte, ¿por qué no le dice usted las razones por las que no le gusto? Creo que le encantaría saberlo.

Hubo un tenso silencio.

–¿Me está amenazando, señor Castille?

–En absoluto. Lo único que digo es que esta hostilidad entre nosotros puede que haga que tengamos que dar más explicaciones de las que queremos. Su tía ya tiene algunas sospechas.

–Gracias a usted.

Un camarero llegó con el agua y esa interrupción provocó una pausa en la discusión. Otro llegó con el vino y un tercero con una cesta de pan.

Darcy bebió un sorbo de su copa, esperando que aliviase la sequedad de su boca, pero no le sirvió de nada, aunque al menos la calmó un poco.

Era como una pesadilla. Esperaba poder abrir los ojos de un momento a otro y descubrir que estaba aún en su cama de Chelsea, que todo había sido un mal sueño.

Pero los camareros se alejaron de la mesa y se quedó sola de nuevo con su verdugo.

Posó la copa sobre la mesa, con la esperanza de que él no hubiera notado cómo le temblaba la mano.

—¿A quién se le ocurrió esta broma de mal gusto?

—Bueno, fue una idea que evolucionó. Su padre es realista y sabe que su decisión de elegirme director general no fue bien recibida por todos. El consejo puede preferir a otra persona independiente, alguien que no vulnere el débil equilibrio de fuerzas. Pero como yerno de Gavin y miembro de la familia, tendría una posición mucho más fuerte cuando él se retire completamente de la empresa —explicó mirándola con detenimiento—. Piénselo. Su padre no sólo confía la empresa en mis manos, sino también a su querida única hija. Eso indica que tiene fe en mí, ¿no? Eso inclinará la balanza en mi favor si se diera el caso. Y nuestro matrimonio podría tener otras ventajas.

—¿En serio? —preguntó ella con incredulidad—. No se me ocurre ni una.

—Me comentó este fin de semana que tenía el deseo de ir a la universidad.

—¿Sí? ¿Y le dijo también que él se encargó de que eso no ocurriera? ¿Que me advirtió que bloquearía cualquier solicitud que hiciera para pedir un crédito universitario? Si le pregunta a mi padre, le dirá que sólo sirvo para hacerle de anfitriona en las fiestas de vez en cuando.

–Entre tanto, se ha entretenido con un montón de trabajos sin futuro mal pagados. Claro, que eso no le importaba porque estaba recibiendo la asignación, aprobada por el consejo, en pago por sus servicios. Y también tiene el uso de la casa de Chelsea. Pero todo ese idílico estado de cosas va a cambiar muy pronto. Su padre se retira y la deja a usted sin trabajo y sin nada.

–De eso nada –repuso ella a la defensiva–. De hecho, estoy buscando trabajo a tiempo completo. Aunque no tenga un título.

–¿En Londres?

–Quizás.

–¿Y dónde va a vivir?

–Seguiré viviendo en Chelsea. Es mi hogar tanto como el de Kings Whitnall.

–Me temo que no. La casa de Chelsea es propiedad de la empresa. Una casa que pasa a ser ocupada por el director general de Werner Langton, para reflejar su estatus social y poder recibir a clientes. Por supuesto, eso nunca ha importado mientras su padre ha sido el presidente. La casa ha sido como un hogar y veo de dónde ha surgido la confusión.

Se paró para sonreírle.

–Pero una vez que deje su puesto, se convertirá en residencia de la compañía y no creo que pueda permitirse el alquiler. Menos aún sin su asignación. Y yo no quiero una inquilina.

Ella se quedó inmóvil, mirándolo mientras llegaban los primeros platos.

«No tenía ni idea. Creí que era nuestra casa. ¿Por qué no me diría nunca nada mi padre?, pensó.

Tomó la cuchara y comenzó a probar la sopa. Estaba muy caliente. La ayudó a contrarrestar el frío que iba creciendo dentro de ella.

–El pastel de verduras es delicioso. ¿Quiere probarlo? Darcy sacudió la cabeza sin abrir la boca.

Él la estudió divertido.

–Anímese. No se va a morir de hambre. Cuando nos casemos, pasará a ser mi responsabilidad y creo que se dará cuenta de que soy bastante generoso –le dijo animado.

–Habla... –repuso ella dejando la cuchara–. Habla como si lo diera por hecho.

–Bueno, las cosas no están tan avanzadas, pero mantengo la esperanza...

Los camareros regresaron a llevarse los platos sucios y traer los pescados. Se quedaron callados mientras los servían y rellenaban sus copas de vino.

–Aparte de nuestras personalidades –comenzó ella–. ¿Por qué demonios quiere casarse? Pensé que era uno de esos eternos solteros.

–Bueno, todos los maridos han sido solteros alguna vez, ¿no? Así funcionan las cosas –le dijo él–. He pasado mucho tiempo viajando, trabajando sobre el terreno. Y ahora que estoy estableciéndome en un sitio, empiezo a valorar la importancia de un hogar bien llevado.

–Pero va a tener eso de todas formas. Me imagino que la señora Inman es una empleada de Werner Langton y parte de la casa. Como ya ha descubierto por sí mismo, vale mucho. No creo que la deje marchar.

–Por supuesto que no. Pero creo que prefiere recibir órdenes antes que actuar por propia iniciativa. Necesito alguien que sepa cómo funciona una casa y qué instrucciones dar, que pueda tratar con gente que a veces es difícil y exigente.

–¿Se incluye usted mismo en esa categoría, señor Castille? –preguntó Darcy, enarcando las cejas.

–Sí –respondió él–. Si no consigo lo que quiero. Pero estoy seguro de que ya está acostumbrada a ese tipo de personas en su entorno familiar. Por otra parte, la señora Inman es una mujer encomiable, pero no querría tener que verla al otro lado de mi mesa cada noche.

–Y eso es importante, ¿no?

–Por supuesto –repuso él hablando muy despacio–. A cualquier hombre le gusta que su mujer sea guapa. Y usted, señorita Langton, es una joven excepcionalmente bella –añadió deslizando su mirada un segundo hasta su escote–. Como estoy seguro que ya sabe.

Muy a pesar suyo, Darcy sintió cómo se ruborizaba ligeramente.

–Los halagos son como insultos viniendo de usted, señor Castille –le contestó ella.

–Y sus insultos, señorita Langton, son exactamente lo que son –repuso él–. ¿No cree que nos sería más fácil negociar si pasásemos a tutearnos?

–No. No va a haber ninguna negociación. No quiero casarme. Ni con usted ni con nadie.

–¿Prefiere a los maridos de otras mujeres? –le preguntó con frialdad.

Darcy levantó la barbilla con desprecio.

–Supongo que está pensando en Harry Metcalfe de nuevo.

–Según su padre, también parece estar interesada en Drew Maidstone.

–Entonces se equivoca. Además, no creo que Drew permanezca casado el tiempo suficiente como para considerarse el marido de nadie.

–Tiene mala reputación, igual que su yate. No me extraña que su padre esté preocupado.

–¡Dios mío! ¿Tiene algo más que decir? Usted, en cambio, siempre habrá sido un santo, ¿no?

–No. En absoluto –repuso él–. Así que, dejando nuestras diferencias personales aparte, ¿por qué no quiere casarse?

Ella bebió algo más de vino.

–Hace que suene como si fuera un asunto de negocios, pero involucra otras obligaciones que no tengo ningún deseo de cumplir. Con nadie.

Él la miró con detenimiento.

—Creo que es un poco tarde para que se haga la pobre y asustadiza virgen.

—No tiene nada que ver con estar asustada. Mi experiencia me enseñó que el sexo es algo indigno, doloroso y sucio. Con un poco de suerte, no dura mucho tiempo. No he cambiado de opinión desde entonces.

Lo miró, desafiándolo para que se riera de ella si le venía en gana, pero no encontró ni el más mínimo rastro de diversión en sus ojos azules. Sólo se quedó unos segundos en silencio.

—Lamento que se sintiera así —dijo él, eligiendo con cuidado las palabras—. Pero creo que quizás el problema fuera en que no eligió al compañero adecuado.

—Esa es una respuesta típicamente masculina —repuso ella con frialdad—. ¿Y qué me va a decir ahora? ¿Que sería distinto con usted?

Joel Castille endureció inmediatamente el gesto.

—Si sigue manteniendo esa actitud, no creo que llegue a sentir nada distinto. Ni conmigo, ni con nadie. Pero eso es cosa suya —añadió rellenando su copa de vino—. De todas formas, hay muchas formas de matrimonios. El nuestro podría ser estrictamente profesional. No me importa.

Ella se lo quedó mirando.

—¿Habla en serio? —preguntó enfadada—. Pero si acaba de decir que yo le parecía... Que le parecía bella.

—Y lo es —repuso enseguida él—. ¿Qué es lo que quiere oír? ¿Que no la encuentro atractiva? Eso sería mentira. Los dos lo sabemos. La deseo desde que la vi por primera vez.

Darcy se quedó sin aliento y él se encogió de hombros.

—Pero, ¡qué demonios! El mundo está lleno de mujeres atractivas y la mayoría, gracias a Dios, no tiene sus complejos. No estaré solo y estoy segura de que no sentirá celos. Creo que será un acuerdo ideal.

Se inclinó hacia delante en la mesa.

—Y hay algo más. Nuestro matrimonio no tiene por qué durar para siempre. Una vez que me establezca como presidente del consejo de Werner Langton, podemos reconsiderarlo. Ni siquiera su padre podrá forzarnos a que sigamos juntos a pesar de nuestras incompatibilidades —añadió con frialdad—. Quiere una vida y una carrera independiente, ¿no? Pues puedo procurárselo. Vaya a la universidad si sus notas son lo suficientemente buenas, estudie para ser ingeniera si ese es su sueño. Yo la apoyaré. Ni siquiera necesitará un crédito estudiantil.

—Mi padre nunca estaría de acuerdo —lo interrumpió ella.

—En cuanto se case conmigo, ya no se será su decisión.

—Primero me chantajea y ahora me soborna —dijo con desprecio en su voz—. No tiene escrúpulos, ¿verdad, señor Castille?

—Algo de lo que Werner Langton se va a beneficiar, si quiere sobrevivir más allá del siglo XXI —contestó él sin darle tregua—. El mundo es un sitio muy competitivo y cruel y algunos miembros del consejo tienen que despertarse y darse cuenta de ello de una vez. Y usted también. Le estoy ofreciendo una relación laboral, señorita Langton. Su duración será indefinida y los términos aún están por establecer. Tómelo o déjelo. No va a tener una segunda oportunidad.

—Tendrá que darme tiempo para pensar...

—Ha estado pensando desde que me vio yendo hacia usted —le dijo—. Sabía exactamente a lo que venía. ¿O creía que todo lo que quería era su delicioso cuerpo? —añadió él sacudiendo la cabeza—. Habría sido un incentivo. Pero, incluso sin él, usted sigue siendo un artículo de gran valor, señorita Langton. Y yo también puedo servirle de mucho. Puede aprovechar para conseguir la carrera que desea y tener su propia vida. Pero antes tiene que casarse. A no ser que tenga una oferta mejor.

–No –contestó ella desalentada–. No la tengo.

De hecho, no había tenido ninguna oferta, pero eso había sido cosa de ella, no había dejado que nadie se le acercara. Y ese hombre, sentado frente a ella en la mesa, no iba a ser una excepción.

–¿Y bien? –preguntó él interrumpiendo sus pensamientos–. Ya ha trabajado como au pair en el pasado. Ahora sería una au pair con una alianza en el dedo. Y con la posibilidad de hacer sus sueños realidad.

–¿Promete que sólo será algo temporal y que cuando se acabe mantendrá su promesa sobre mi carrera?

–Cuando se acabe, su futuro profesional no tendrá más límites que los que se ponga usted.

Darcy se mordió el labio inferior.

–Bueno, entonces... Supongo que si tengo que hacerlo, lo haré.

Él se apoyó en el respaldo y la observó con sus ojos entrecerrados.

–Me alegro de no haberle brindado mi corazón junto con esta oferta de matrimonio, porque ahora estaría bastante destrozado –dijo él alargando las palabras–. De todos modos, brindo por el futuro –añadió levantando su copa.

De mala gana, ella hizo lo propio y bebió el vino, mientras pensaba en lo que acaba de hacer. No podía creerse que hubiera aceptado casarse con Joel Castille.

«Debo de estar loca. Pero ha hecho que suene tan razonable...», pensó.

Era una manera de que ambos consiguieran lo que querían para poder luego seguir con sus vidas. Pero temía que no fuese a ser tan sencillo como parecía.

Miró la comida que aún tenía en el plato y dejó los cubiertos sobre la mesa.

–¿No estaba bueno el lenguado? –le preguntó él con cortesía.

–Apenas lo he probado –replicó ella fríamente.

–Es una lástima. Estamos destinados a compartir un montón de comidas y cenas –dijo él–. Y desayunos, por supuesto.

Ella levantó inmediatamente la cabeza.

–¿Qué quiere decir con eso?

–No quiero ni pensar en que su pérdida de apetito pase a ser algo común en nuestra vida en pareja.

–Que quede claro, señor Castille, que usted y yo nunca vamos a tener una vida de pareja. Habrá montones de cosas que no vamos a compartir. Entre ellas, los desayunos.

–Bueno, dicen que es la comida más importante del día –repuso él con tono burlón–. ¿Es que no se va a despedir de mí cada mañana después de prepararme un buen desayuno y darme un beso? Así es como las esposas inglesas contribuyen a la industria de este país.

–¡Desde luego que no pienso hacer eso! –exclamó entre dientes.

–No, supongo que antes me daría veneno –comentó él divertido–. Pero he oído que eso también es parte del matrimonio. Me alegro de que al menos no empecemos con falsas ilusiones –añadió–. ¿Hablamos de los detalles de la boda mientras tomamos el postre?

–¿Boda? ¿Ya? –exclamó ella sin intentar esconder su consternación–. Lo que quiero decir es que no puede ser tan pronto o mi padre sospecharía. Creo que él esperaría una relación más convencional y larga. Como lo que comentó al principio.

–Lo que quiere es que nos casemos –dijo él interrumpiéndola–. No le importa cómo lo hagamos. ¿O quiere que le diga que fue a amor a primera vista y que la seduje con la fuerza de mi pasión?

–No, por favor. Pero creo que sabrá que se trata de una confabulación. Al fin y al cabo, soy su única hija y quiere que sea feliz. O que parezca que lo soy, por el bien de las apariencias.

–Bueno, quizás no debería juzgarse por las apariencias –repuso él.

Los camareros limpiaron la mesa y él pidió café.

–Darcy, está es una solución pragmática. La historia está llena de ellas y tu padre lo sabe. Y también sabe que te trataré bien. Supongo que querrás que la ceremonia se celebre en la capilla de Kings Whitnall, ¿no?

–¿Con un gran vestido, un velo y con papá entregando a su única e inocente hija? –preguntó ella con ironía mientras sacudía la cabeza–. Como dijo una vez, el blanco no sería apropiado. No soy una hipócrita. Será mejor ir al registro con un par de testigos.

–¿Es que crees que eso hará que el matrimonio sea menos legítimo? Esa suposición puede ser peligrosa.

–La verdad es que, ahora mismo, no tengo nada claro –contestó en voz baja.

–Parecías tener muy claras tus opiniones cuando comenzó esta comida –le recordó él–. Si no podemos ser amigos, ¿podemos al menos acordar una tregua?

–Aún tenemos que establecer los términos del acuerdo. Después de eso, quizás...

–Bueno, me tomaré eso como un progreso –repuso él mientras les servían el café–. ¿Te apetece una copa de coñac?

–No, creo que he tenido suficiente con el vino. No debería haber tomado más que agua. Quizás eso habría evitado que consintiera en participar en esta absurda farsa.

–Estoy seguro de que merece la pena sufrir unas cuantas horas de mutua cortesía a la semana por lo que los dos tenemos que ganar con este trato –contestó él algo divertido con la situación.

–Parece tener una contestación para todo –dijo ella secamente–. Pero, ¿qué pasa si uno de los dos conoce a otra persona después de que nos casemos?

–Mala suerte. Cualquiera nueva relación tendrá que esperar hasta después del divorcio.

–¿Y si se enamora locamente? –preguntó con voz desafiante.

–Me aseguraré de que no ocurra. Espero que hagas lo mismo.

Darcy se quedó mirándolo.

–Pero seguro que ha habido alguien, alguna vez, a la que ha querido lo suficiente como para querer casarse con ella –aventuró Darcy.

–Sí, una vez –contestó él como si no le importara–. Pero ella tuvo el mal gusto de estar enamorada de otra persona. Fin de la historia.

«¡Emma!», pensó Darcy atónita. Tenía que ser Emma, la joven que se había casado con Harry Metcalfe y que ahora esperaba su hijo. La prima que, según su padre, había sido como una hermana para Joel, pero que, al parecer, era mucho más que eso, al menos por parte de él.

–Pero si no puedes tener lo que quieres –continuó él–. Puedes pasarte el resto de tu vida lamentándote por tu mala suerte o conformarte con lo que haya a tu alcance. Créeme. Podemos hacer que esto funcione.

«¿Podemos? ¿Cómo va a ser posible, con lo que sentimos el uno por el otro?», pensó ella.

Joel miró el reloj y torció el gesto.

–Tengo que volver al campo de batalla. Después de esto, será como el paraíso. ¿Cenamos mañana para poder así hablar de las reglas básicas del plan?

–Supongo que será necesario.

–Te recojo a las siete y media. Estaré contando las horas –añadió burlón mientras llamaba al camarero para que le llevara la cuenta–. ¿Quieres quedarte y tomar más café o te pido un taxi?

–Me quedo.

No deseaba quedarse, pero necesitaba que se fuera. Quería estar sola y pensar en lo que acababa de hacer.

–Entonces, hasta pronto. ¿Nos damos la mano para sellar el trato?

Antes de que Darcy supiera lo que pasaba, Joel rodeó firmemente su mano con sus dedos y se la aproximó a la boca, girándola para acariciar su palma con un beso.

Fue como si pusiera un sello en su piel. Su propia marca personal de propiedad.

Y entonces se quedó sola y él se alejó hacia la puerta del restaurante. Fue entonces cuando se dio cuenta de que había estado aguantando la respiración sin darse cuenta. Exhaló despacio, consciente de que, muy a su pesar, su pulso se había acelerado.

Se defendió pensando que su gesto la había sorprendido, que no lo esperaba. Probablemente fuera algo que hacía a menudo, algo a lo que estaba acostumbrado. Al fin y al cabo era medio francés y se imaginaba que besar en la mano sería algo natural en él.

Siguió bebiendo su café y contó despacio hasta cien, con la esperanza de que Joel ya hubiera encontrado un taxi. No quería arriesgar otro encuentro a la salida del restaurante.

Ya estaba llegando al final cuando el camarero llegó a su lado con una bandejita.

–Coñac, señorita –dijo dejando la copa sobre la mesa–. Gentileza del caballero. Me ha dicho que le diga que es para... ¿Ayudarla a superar la impresión? –añadió algo perplejo.

–Eso... Es una broma del señor. Gracias –repuso ella forzando una sonrisa.

Tomó la copa y, sin dejar de sonreír, probó el coñac.

–¡Imbécil! –murmuró entre dientes en cuanto se quedó sola.


Cuando el padre de Darcy volvió a casa esa noche, ella esperaba verlo echar humo al ver que su conspiración había quedado al descubierto. Pero estaba bastante calmado y sonriente.

–Joel me ha dado la buena noticia, querida. Estoy encantado por los dos –dijo abrazándola y mirándola después a los ojos–. Pero te advierto, Darcy, que no debes subestimar a tu futuro marido. No cometas ese error.

–A lo mejor me ha subestimado él a mí –repuso ella levantando la barbilla.

–Bueno, creo que vuestra vida juntos será interesante –continuó él–. Pero no os vais a salir con la vuestra. Os guste o no, Darcy. Te casarás en una iglesia, como tiene que ser. Así que olvídate del registro civil. Y yo seré tu padrino y te entregaré a Joel.

–¿Como parte del paquete? ¿Junto con los derechos a pensión y la compra opcional de acciones?

–No seas tonta.

Se quedó callado un momento y después continuó, con voz más amable.

–Aún recuerdo el día de mi boda y lo bella que estaba tu madre al caminar por el pasillo de la iglesia hacia mí. Te pareces tanto a ella... Y sea lo que sea que esté creándose entre Joel y tú, quiero que tengáis los mismos maravillosos recuerdos. Sé que los tendréis.

Quería gritarle que los suyos eran distintos. Que cada vez que veía a Joel Castille le recordaba la noche en que la echó de la fiesta de Harry. Pensaba en el desprecio que había en su cara y en sus manos, que aún podía sentir en sus huesos.

Aquella noche le recordaba todo el dolor y tristeza que la siguió, todos los momentos terribles que nunca podría olvidar, y de los que él iba a ser parte para siempre. Quería poder contarle todas las razones que tenía para odiarle...

–Si de verdad es tan importante para ti, papá, ¿cómo podría negarme? –dijo después de un rato.

Y se odió por su debilidad.

# Capítulo 5

TE casas? –repitió Lois incrédula–. Ni siquiera sabía que salieras con alguien. ¿Lo conociste en el yate? No es Drew Maidstone, ¿verdad?

–No, no.

–¿Entonces? Todo esto es tan repentino...

–Para mí también –repuso Darcy intentando sonreír a su amiga.

–Bueno, cuéntame. ¿Cómo se llama y cuándo lo conociste?

–Se llama Joel Castille y lo conocí hace algún tiempo.

–Pero nunca me habías hablado de él y soy tu mejor amiga –repuso Lois enarcando una ceja–. Y ahora vienes aquí y me pides que sea tu dama de honor. No entiendo nada.

–Es difícil de explicar –dijo Darcy bebiendo otro sorbo de café.

–Inténtalo.

–Verás... Va a haber una boda, pero no me voy a casar de verdad.

–¿Quieres decir que va a ser una especie de engaño?

–No, no es eso. La verdad es que es un acuerdo de negocios temporal. Pero con una ceremonia.

Se hizo el silencio y después su amiga se levantó.

–Creo que para esto necesito algo más que café.

Fue hasta el frigorífico y sacó una botella de vino blanco. La abrió y sirvió dos generosas copas.

–Y, ¿por qué me parece que tu padre está detrás de todo esto? ¿Quién es ese Joel Castille y por qué has accedido a hacer algo así?

–Es el nuevo director general de Werner Langton –dijo después de respirar profundamente–. Papá piensa que la transición será más fácil si el señor Castille se convierte en su yerno. Y supongo que tiene razón. El rey abdica y el príncipe heredero ocupa su puesto. Tiene sentido.

–Para mí, no. Esto es una locura, cariño. Ni siquiera lo llamas por su nombre de pila...

–Voy a necesitar tiempo para acostumbrarme.

–¡Dios mío! ¿Cuánto hace que lo conoces?

–No lo conozco. Ni quiero hacerlo. Pero lo vi por primera vez hace dos años...

–¿Hace dos años? Pero eso fue cuando... –repuso su amiga levantando la cabeza sorprendida.

–Sí, justo entonces. De hecho, él fue el que me impidió que viera a Harry aquella noche.

–¿Es el hombre que te confundió con una bailarina de striptease y que te echó de allí? –preguntó Lois desconcertada–. No sé qué decirte –añadió después de unos segundos de silencio–. Esto es increíble.

–Tenía sus razones. La novia era su prima e intentaba protegerla. Fuera una bailarina o no, le pareció que iba a causar problemas. Y Harry se lo confirmó cuando le preguntó después. Le dijo que yo lo había estado persiguiendo.

–¡Ese maldito hijo de...! ¿Le contaste al tal Joel Castille la verdad, incluido lo que pasó después?

–No –repuso ella con orgullo–. Todo terminó y no le importa. Que piense lo que quiera.

–Darcy, no es tan simple...

–Pero puede serlo. Joel Castille sólo quiere a alguien que se ocupe de su casa y actúe como anfitriona en las fiestas. Nada más. Puedo hacerlo.

–¿Nada más? Sé realista, cariño. ¿Te has mirado en el espejo últimamente? Eres preciosa y vas a compartir techo con ese tipo. ¿Crees que se va a contentar con ese acuerdo?

–Yo sí. Y eso es lo que importa.

–El año pasado fuiste mi dama de honor. Ya sabes cómo funciona. Durante los votos, cuando el novio te diga «me entrego a ti». ¿Qué le vas a decir? «No, no lo harás».

Darcy se sonrojó.

–Bueno, no pensaba expresarlo de esa forma. Vamos a acordar los términos del acuerdo antes de la boda. Y tener dormitorios separados es una de mis prioridades.

–Entonces, ¿por qué te casas por la iglesia? De hecho, ¿por qué os casáis? Podrías hacer de anfitriona siendo simplemente una empleada. No tienes por qué ser su esposa.

–No. Y no lo seré. Sólo es un acuerdo legal.

Lois se quedó un momento en silencio.

–¿Cómo es él? ¿Bajito, gordo, feo?

–Bueno... No –reconoció ella de mala gana.

–¿De mediana edad?

–No, de treinta y pocos. Supongo.

–¿Alto? ¿Atractivo?

–Algunas mujeres lo considerarían atractivo...

–¡Me apuesto lo que sea a que eso es una respuesta afirmativa! Así que, imagínate esta escena. Habéis dado una fiesta y los dos habéis bebido vino. Él se siente bien con su vida, con todo lo que tiene, incluyéndote a ti... Tú acabas de admitir que es atractivo. ¿Qué vas a hacer si decide que quiere obtener más de su matrimonio? Porque puede que insista...

–No lo hará –repuso Darcy–. Después de todo, soy la chica que intentó sabotear la boda de su prima favorita. No le gusto y no confía en mí. Creo que estoy a salvo.

–Darcy –comenzó su amiga hablando con suavidad–. Recuerdo cómo volviste a mi casa aquella noche. Estabas llorando, apenas podías hablar y, cuando lo hiciste, fue para hablar del hombre que te había insultado. El hombre con el que ahora piensas casarte...

–No lo he olvidado. Aquella noche me ha hecho inmune para soportar cualquier cosa, ¿no crees?

–Todo lo que sé es que Mick se enfadó tanto, que habría ido a pegarse con ese hombre si...

–Si no hubiera empezado a perder el bebé y no lo hubiera necesitado aquí a nuestro lado.

Había intentado durante mucho tiempo borrar los recuerdos de esa noche. El asombro inicial, junto con la ira y el dolor de su aborto espontáneo. Y cómo Mick y después el interno de un hospital público de Londres habían cuidado de ella.

Después, tuvo que ocultar todo a su familia y usar nombres supuestos en las siguientes visitas al médico. Fue un secreto que sólo compartió con Lois y Mick.

–Y si este hombre es tan cruel y despiadado, ¿cómo puedes hacer algo así?

–Porque mi padre lo quiere así, Joel también y yo no tengo ninguna buena razón para negarme. Además, no me caso de por vida. Sólo durante un año, dos como mucho. Y ha sido idea suya, no mía. Y cuando nos divorciemos, podré ir a la universidad y estudiar ingeniería. Él pagará todos los gastos como parte del acuerdo de divorcio y yo seré libre para hacer lo que me gusta.

–¿Y lo que quieres de verdad es ser ingeniera? Darcy, no tienes que cambiar toda tu vida para compensar a tu padre por no haber nacido chico.

–No lo hago, de verdad. Entonces, aunque no estés de acuerdo, ¿serás mi dama de honor?

–Antes, júrame que ese tipo no te excita en absoluto, ni lo más mínimo.

Darcy se dio cuenta de pronto de que estaba presionando con fuerza la palma de su mano contra su muslo, la palma que él había besado. Tragó saliva antes de contestar.

–¿Cómo iba a gustarme?

–Entonces acepto –repuso Lois sonriendo–. Creo que necesitarás nuestro apoyo. Pero no quiero que Mick sepa quién es Joel Castille o no asumo las consecuencias.

Darcy pensó en qué habría pasado aquella noche en el club si el marido de su amiga hubiera llegado a ir. Mick era un jugador de rugby acostumbrado a las peleas, pero Joel parecía un tipo duro con el que era mejor no enfrentarse.

Sintió un escalofrío recorrerle la espalda.

Había una botella de champán enfriándose en el salón cuando bajó esa noche. Su padre tenía una sonrisa de satisfacción que murió en sus labios cuando la vio aparecer con unos cómodos pantalones color caqui y un jersey beige.

–¿Es así como te vistes para cenar con tu prometido? –le preguntó con frialdad.

–Sí, me lo he comprado especialmente para la ocasión –contestó ella mientras giraba.

–Tienes un ropero lleno de vestidos. Cualquiera de ellos sería más apropiado.

–Así estoy más cómoda.

Su padre frunció el ceño y le dio la espalda.

Era mentira. La verdad era que lo último que quería era parecer femenina o deseable frente a Joel Castille. Pero el sentido común le decía que podía cubrirse de los pies a la cabeza sin que eso hiciera los encuentros más llevaderos.

Tenía los nervios a flor de piel y la boca seca. Miraba el reloj cada poco. A la hora a la que se le esperaba, y con increíble puntualidad, sonó el timbre de la puerta.

Quizás Lois tuviera razón y aquello fuera una pésima idea por mucho que les conviniera a los dos. De ser así, aquél era el momento para volverse atrás. Pero no sabía qué razones aducir para explicar su cambio de opinión. Decir que no le gustaba era demasiado simple. Su padre querría saber más. Si ella lo rechazaba, él podría vengarse contándole a su padre todo lo que sabía.

Miró hacia la puerta mientras cavilaba y palidecía por momentos.

Él entró y la buscó con la mirada. Al momento pareció interpretar sus pensamientos porque con una mirada le dijo que se olvidara de ello, que ni pensara en echarse atrás.

Saludó a su padre y aceptó la copa de champán que le ofrecía.

Iba vestido de forma más deportiva que otros días, con pantalones vaqueros y un jersey de cuello alto negro. Estaba segura de que sería de lana de cachemira y los pantalones de marca. Pero, aun así, había dejado de lado el traje.

Se acercó a ella y Darcy se puso tensa.

–¿Nueva imagen, cariño? –le preguntó él, tomando su mano–. Me has impresionado.

Cuando se dio cuenta de que no iba a besarla, se sintió muy aliviada. Él la condujo hasta el otro extremo de la habitación, donde su padre se disponía a hacer un brindis.

–Por la felicidad –dijo alzando su copa.

«No puedo beber por eso. Quizás la alcance en el futuro, pero no a corto plazo», pensó ella.

Joel aún sujetaba su mano. Ella intentó apartarse sin suerte.

–Veo que no planeáis cenar en el Ritz –comentó Gavin en tono de broma.

Estaba claro que a su padre no le hacía gracia el atuendo de los jóvenes.

–Conozco un pequeño restaurante que es excelente –dijo Joel–. Pensé que estaría bien tener una cena tranquila para poder hablar y hacer planes –añadió mientras sonreía a Darcy–. ¿Te parece bien, mi amor?

Ella murmuró algo a modo de asentimiento.

–Muy bien. Tengo un taxi esperando. ¿Nos vamos? –preguntó él mientras tomaba la copa de Darcy de entre sus manos y la dejaba sobre la bandeja.

Ella se despidió de su padre, se echó el chal negro sobre los hombros y lo siguió.

El restaurante estaba lleno, pero sus clientes eran casi todos parejas, por lo que las conversaciones se mantenían a un nivel más bajo de lo habitual. Las mesas estaban más separadas para dar privacidad a los comensales y estaban adornadas con velas y cuencos de flores frescas.

Darcy pensó que era el lugar perfecto para un par de enamorados. No sabía qué hacían allí. Se sintió muy incómoda al ver que los sentaban en un banco con cojines en vez de estar en sillas separadas. Su rodilla estaba a pocos centímetros de la de él y sus brazos casi se tocaban mientras miraban las cartas.

Quería apartarse, pero sabía que él lo notaría y llegaría a conclusiones que no deseaba provocar.

–¿Cómo es que ya te estás arrepintiendo? –le preguntó Joel.

–No sé a qué se refiere.

–Cuando seas ingeniera, aprenderás mucho sobre tensiones y cargas. Yo también las reconozco, así que no te hagas la tonta. Estás pensando en reconsiderar nuestro acuerdo. ¿Por qué?

–¿Cuántas razones necesita?

–No muchas, pero tienen que ser buenas. Nuestro matrimonio cuenta con casi todos los requisitos...

–Menos con el amor –lo interrumpió ella–. Y resulta

que casi todo el mundo considera que es lo más importante a la hora de casarse.

–Pensé que preferías la conveniencia a los asuntos del corazón.

–Puede ser, pero nunca pensé en casarme con un extraño al que detesto y él a mí. Y celebrar la boda en una iglesia me parece algo despreciable. Un error.

–¿Es que crees en la santidad del matrimonio? –le preguntó burlón–. No me pareció que tuvieras el mismo respeto por Harry Metcalfe y la boda que estaba a punto de celebrar con mi prima.

Su comentario hizo que el estómago se le revolviese, quería mirarlo a la cara y gritarle la verdad. Pero ya había creído antes a Harry. No pensaba que fuera a creer entonces su historia.

–A lo mejor pensé que no se tomaba muy en serio ese matrimonio.

–Sólo espero que sepas ahora que está fuera de tu alcance. No quiero que Emma tenga nada de lo que preocuparse. Y menos ahora mismo. ¿Lo entiendes?

–Perfectamente –repuso intentando controlar el temblor en su voz.

–En cuanto a tus escrúpulos, no tienes de qué preocuparte. No te mantendré atada a mí más tiempo del necesario.

–Perdóneme, pero eso no es suficientemente tranquilizador.

–Bueno, estamos aquí para negociar. ¿Qué garantías necesitas?

–Tengo una condición principal. Tendrá que aceptar que, bajo ninguna circunstancia, me acostaré con usted –le dijo mirándolo a los ojos–. ¿Está de acuerdo?

–Si eso es lo que quieres –repuso encogiéndose de hombros–. No es tan importante. No obstante, también me gustaría que, por tu parte, prometieras que, mientras dure el matrimonio, no te acostarás con nadie.

–De acuerdo. Pero, ¿qué más le da?

–No me importaría si no estuviera invirtiendo en ti. Pero no quiero que se me trate como a un tonto. Y, en todos los otros aspectos, espero que te comportes como si fuera un matrimonio de verdad y no una farsa.

–¿Quieres que oculte mis verdaderos sentimientos? Será difícil.

–Es necesario. Así que, si creo que es necesario que te toque o bese en público, tendrás que recordar que somos recién casados, y no saltar y apartarte como si acabaras de tocar una torre de tendido eléctrico.

–¿Y le parece que eso será fácil?

–Podría pedir mucho más, pero creo que no es tanto comparado con la recompensa después del divorcio. En privado, por supuesto, puedes hacer lo que quieras. Además, pasaré mucho tiempo fuera en viajes de negocios. Puede que nuestros caminos apenas se crucen.

Se paró unos segundos para mirar de nuevo la carta.

–¿Pedimos ya?

–Yo empezaré con mejillones a la marinera.

–Yo también –dijo él–. Y después, ¿por qué no compartimos el pastel de carne? Es para dos personas.

–Si quiere. ¿Qué es esto? ¿Un ejercicio en compañerismo?

–¿Por qué no? ¡Dios sabe que lo necesitamos!

Podía pensar en muchas más razones para no seguir adelante con ese matrimonio, pero había accedido a ello y pensó que sólo era un acuerdo de negocios, nada más.

Los mejillones llegaron en una gran fuente. Y los minutos que pasaron sacando los moluscos de las valvas echaron por tierra cualquier oportunidad de mantener las distancias durante el resto de la noche. Estaba claro que estaba metida en un curso intensivo en intimidad.

Luego recordó que él le había dicho que ya había estado allí. No puedo evitar preguntarse con quién habría estado y cómo habría acabado la noche. Aunque eso no era asunto suyo.

–Toma –dijo Joel sacando el mejillón más grande del cuenco–. Mi contribución a la paz mundial.

–Todo un sacrificio –repuso ella aceptándolo–. ¿O esperaba que no lo aceptara?

–Eso habría ido más con tu personalidad. Pero, ¿por qué no te sacrificas tú también y comienzas a tutearme de una vez?

–Bueno, si insistes. Intentaré recordarlo y llamarte Joel de ahora en adelante.

El nombre le sonó raro, no creía que pudiera acostumbrarse. Preferiría no tener que llamarlo en absoluto.

El segundo plato también fue delicioso, regado con un vino tinto chileno. Pero Darcy no quería ni pensar en tomar después un postre.

–Sólo café para mí, por favor.

–¿Y coñac?

–No, gracias. No creo que lo necesite. No creo que me esperen más sustos como el del otro día.

–El coñac también puede tomarse sólo por placer, ¿no lo sabías? –le dijo sugerentemente.

Pero Darcy no quería pensar en él y en el placer en el mismo contexto. Demasiado peligroso.

–En cuanto a lo de recibir más sustos –continuó él–. Prepárate para uno más –añadió mientras sacaba una cajita del bolsillo.

La abrió y la puso delante de ella en la mesa. El refulgente brillo del diamante casi la cegó.

–¿Era... Era necesario? –preguntó mirando el anillo.

–Esencial –repuso él–. Se supone que se valora la estima que tu amante te tiene por los quilates del diamante que te regala, ¿no?

–Tú no eres mi amante.

–¡Oh! Es verdad. Se me olvidaba. Pero nadie más se lo imagina, y lo harán menos aún cuando vean este anillo —dijo tomando la sortija—. Creo que hará que tu padre se sienta más seguro. Dame tu mano.

Darcy rezó para que no le valiera, para que hiciera falta llevarlo a ajustar.

Pero esa noche nadie escuchaba sus plegarias y el anillo se deslizó suavemente en su lugar, quedándose allí, brillando a la luz de las velas.

Hubo un silencio entre ellos.

—Es precioso —dijo ella después en voz baja—. Naturalmente, te lo devolveré cuando todo acabe.

—Todo lo contrario —repuso con suavidad—. Quédatelo como recuerdo.

No sabía qué le hacía pensar que iba a querer un recuerdo tan tangible de su paso por su vida y cómo no se daba cuenta de que todo lo que quería era olvidarlo para siempre.

Pero el caso era que desde el primer momento de su desastroso encuentro, todo lo que él había hecho o dicho se había grabado a fuego en su memoria. Y el instinto le decía que, cuanto más tiempo pasara con él, peor se pondrían las cosas.

El destino le estaba jugando una mala pasada al forzarla de esa manera a estar con él.

Él había estado de acuerdo con su petición de que no compartirían relaciones íntimas y le había prometido que pasarían poco tiempo juntos gracias a sus viajes de negocios. Pensó que quizás pudieran simplemente convivir como dos vecinos civilizados en el piso de Chelsea, sin meterse en el territorio del otro. Él creía que podría funcionar. Tenía que confiar en él.

Además, no era para siempre, tenía que recordarlo.

No podía dejar de mirar el anillo, su brillo era hipnótico. Era sólo un símbolo, pero se juró que no dejaría que significara nada más. Porque, aunque los diamantes eran para siempre, su matrimonio con Joel Castille no lo era. Ése era su único consuelo en medio de ese lío.

# Capítulo 6

SEGÚN avanzaban los preparativos de la boda, Darcy comenzó a sentirse como si estuviera en medio de una avalancha que iba a aplastarla en cualquier momento.

De mala gana le contó a su tía Freddie que se casaba, esperando ser interrogada. Pero ella simplemente la miró durante largo rato antes de hablar.

–Bueno, eso explica muchas cosas.

Darcy se quedó estupefacta, pero se imaginó que la mente de su tía, con el estrés por el nuevo trabajo, no estaba trabajando al cien por cien. Se ofreció para ayudarla con los preparativos, lo que era un gran apoyo para Darcy.

Por otro lado, trataba de evitar a Joel tanto como podía sin que fuera obvio, pasando el mayor tiempo posible en Kings Whitnall. Claro que él tampoco se había esforzado en verla a solas desde la noche en que le entregó el anillo. Cuando la cena acabó, la acompañó a casa en un taxi y la despidió dándole las buenas noches, sin beso en la mano ni de ningún otro tipo. Cuando estaban juntos era educado, incluso encantador, pero cuando Gavin, con algo de torpeza, los dejaba solos al final de la velada, él nunca hacía ningún intento de acercarse a ella.

Y, aunque no lo deseaba, le dejaba algo perpleja, porque él le había dicho en una ocasión que la encontraba atractiva y deseable. Había habido veces en que la había mirado y Darcy había notado que había algo tangible entre ellos.

Pero todo eso había desaparecido, ya no quedaba nada. Y él no se había quejado nunca de las condiciones que ella había establecido para su futura relación.

Darcy había llegado a preguntarse si Joel pensaría en ella alguna vez cuando no estaba delante. Pensaba que no, que para él sólo era un contrato más de los muchos que firmaba a diario.

Ella, en cambio, no se lo quitaba de la cabeza tan fácilmente. Y el enorme brillante no la ayudaba a hacerlo.

De vez en cuando se veía en la obligación de volver a Londres. Fue durante una de esas visitas cuando Lois la llevó a la tienda de novias donde ella había comprado su traje de novia. Su amiga le prohibió directamente que adquiriera el vestido que había elegido. Uno que Darcy había elegido casi sin mirar.

–No vas a poder caminar con una falda tan larga y recta. Vas a saltar por el pasillo como si te hubieran grapado las piernas. Que puede ser el caso –añadió riendo–. Pero, ¿quieres que se entere todo el mundo?

Lois habló con la encargada y al momento le trajeron un elegante vestido en seda salvaje y gasa.

–Si estás dispuesta a pasar por esto, al menos hazlo bien y vístete como la romántica y etérea novia que todos los hombres desean en secreto.

–No creo a Joel le vaya lo de la novia etérea. ¿No tienen algo sólido como el acero? –le preguntó Darcy a una perpleja encargada.

–Nos lo llevamos –le dijo Lois a la mujer–. Y yo compraré éste –añadió señalando un precioso vestido de gasa azul.

Después fueron a comer juntas.

–¿Cuándo nos vas a presentar a tu futuro marido?

–No había pensado en ello.

–Pues hazlo. ¿Has conocido ya a su padrino? ¿Sabes quién será?

–No.

–Pues tendrás que enterarte si no quieres que la gente empiece a sospechar.

–Y, ¿qué quieres? ¿Qué organice una cena para todos una de estas noches?

–Creo que eso estaría bien. Mucho mejor que tener que hacer las presentaciones al pie del altar...

–La verdad es que tienes razón. Se lo comentaré a Joel, creo que vendrá esta noche a casa.

–¿Sólo lo crees? ¿Ni siquiera estás segura? Eso lo dice todo.

Darcy cenó en silencio esa noche, prestando poca atención a la conversación de negocios entre su padre y Joel. Después del café, Gavin se retiró para dejarlos solos. Normalmente era entonces cuando pasaban embarazosos momentos en silencio, hasta que él miraba su reloj, le daba las gracias por una estupenda velada y se iba.

Pero esa vez, ella se levantó con él.

–¿Tienes un momento, por favor? Creo que deberíamos hablar.

–Suena importante. ¿Es que te has echado para atrás?

–No, no es eso.

–Entonces, ¿cuánto va a durar el encuentro?

–¿Qué quieres decir?

–¿Le digo a mi chófer que espere o que vuelva por la mañana?

–No digas tonterías –repuso ella indignada.

–Bueno, es la primera vez que quieres estar a solas conmigo. Y aún puedo soñar, ¿no? –dijo mientras se sentaba de nuevo en el sofá–. ¿Qué tienes que decirme?

–Hay una serie de detalles prácticos de los que tenemos que hablar –comentó desde una silla.

–¿Por ejemplo?

–Bueno, ya he recibido las invitaciones y aún no me has dado tu lista de invitados. Por ejemplo, los nombres de tus padres. Nunca los has mencionado.

–Nunca has preguntado –repuso él con una mueca–. Pero no tienes de qué preocuparte, los dos murieron hace años.

–¡Vaya! –exclamó ella–. Yo... Lo siento.

–¿Por qué? Después de todo, no los conocías. Pero gracias por tu amabilidad. Mis tíos tampoco estarán. No dejan de viajar desde que él se jubiló. Y no creo que queramos invitar a Emma y Harry. En cuanto a los otros invitados, le diré a mi secretaria que te envíe una lista. ¿Algo más?

–Bueno, le he pedido a mi mejor amiga que sea mi dama de honor y a su marido Mick uno de los acompañantes. No sé quién va a ser tu padrino, pero pensé que quizás deberíamos... Que quizás deberíamos todos conocernos antes de la boda.

–¿Lo pensaste tú?

–La verdad es que no. Fue idea de Lois. Su marido y ella están empezando a extrañarse de que no te haya presentado. Y supongo que tu padrino se sentirá igual respecto a mí –añadió.

Joel se frotó la barbilla pensativo.

–Bueno... ¿Por qué no? Uno de mis antiguos compañeros de colegio, Greg Latimer, será mi padrino. Está casado. Su mujer se llama Maisie. Lo llamaré para ver cuándo puede quedar, tú haz lo mismo con tus amigos y luego hablamos.

–De acuerdo. Creo que eso es todo por ahora.

Él la miró con media sonrisa.

–Te das cuenta de que puede ser una velada bastante complicada, ¿no?

–Una cena en un restaurante me parece bastante inofensiva.

–Pero vamos a ser los protagonistas del espectáculo, cariño –dijo con suavidad–. Dos amantes supuestamente enamorados, frente a dos parejas que ya han pasado por esa etapa de su vida, cuatro personas que pueden recordar perfectamente la alegría de esos días previos a la boda. El júbilo de poder por fin llamar a la otra persona «mi marido» o «mi mujer».

Había un tono extraño en su voz que hizo que el corazón de Darcy comenzara a latir con fuerza.

–Darcy, será nuestra primera aparición en público como pareja.

–Al fin y al cabo son viejos amigos, ¿por qué no les decimos la verdad sobre este matrimonio?

–¿Y por qué no lo contamos en las revistas del corazón a toda página? –repuso él–. No, de eso nada. Vamos a atenernos a las reglas establecidas. En privado, yo renuncio al placer de dormir en tu cama y, en público, tú te comportas como si estuvieses enamorada de mí. Y eso no implica que te sientes a dos metros de mí y actúes como un conejillo asustado.

Se hizo el silencio y Darcy se estremeció al ver cómo Joel la miraba. Había llegado el momento de la verdad y no sabía qué hacer.

–Ven aquí –le dijo él dando unas palmaditas al sofá.

Darcy obedeció de mala gana. Se sentó en el sofá, pero tan lejos como pudo.

–No, cariño. Más cerca. A la distancia de un beso, por favor.

–¡Estarás bromeando! ¡De eso nada!

–¿Por qué no? Ocurrirá tarde o temprano –comentó en tono despreocupado–. Y cuando pase, prefiero que lo aceptes y que no saltes como una rana.

–¡Qué imagen tan encantadora! ¡No podrías ser más romántico!

–Bueno, pensé que el romanticismo era lo último que deseabas, sobre todo viniendo de alguien como yo

–repuso él con sarcasmo–. Por otro lado, tenemos que convencer al mundo de que estamos enamorados.

Darcy apartó la vista y se fijó de pronto en el anillo que llevaba en el dedo, recordando lo que significaba y a lo que se había comprometido.

–Supongo que no tengo más remedio...

Se hizo el silencio.

–Dime, cariño, ¿has venido a este mundo sólo para minar mi autoestima? –preguntó él evidentemente divertido con la situación–. Porque lo estás haciendo muy bien.

–No creo que los daños sean permanentes. Y si lo fueran, no me quitaría el sueño por las noches.

–Lo que me hace preguntarme, ¿qué es lo que te lo quita? –le dijo con suavidad.

Se acercó un poco más a ella, invitándola a hacer lo mismo. Ella lo hizo de mala gana.

–Estás temblando. ¿Qué demonios crees que te voy a hacer? –le preguntó mientras le sujetaba la barbilla para obligarla a mirarlo–. No es para tanto. Relájate. Ya te han besado antes.

Y era verdad, pero no tantas veces. Y no desde aquélla noche cuando Harry...

Se dio cuenta de que estaba lo bastante cerca de él como para sentir el calor de su esbelto cuerpo y respirar el aroma masculino de su piel mezclado con la colonia almizclada que usaba. Ésas eran las cosas que se habían grabado en su memoria dos años antes, cuando la echó del club, y que se habían despertado, para vergüenza suya, en cuanto lo había vuelto a ver.

Al menos entonces no tenía que mirarlo ni ver como él la miraba.

Con los ojos cerrados, comenzó a sentir cómo los labios de Joel tocaban su pelo, sus sienes y se deslizaban hasta su mejilla, ligeros como las alas de una mariposa, mientras con sus dedos acariciaba su mandíbula y garganta.

Después, con la misma delicadeza, le besó las comisuras de su boca, una boca que Darcy mantenía comprimida y cerrada. Aunque, muy a pesar suyo, le latía con fuerza el pulso y se encontró esperando a que el beso fuera a más.

Pero Joel se apartó de ella y enderezó. Ella abrió lo ojos sobresaltada.

–Bueno, no ha sido para tanto, ¿no?

Tenía que admitir que las caricias de sus labios habían sido bastante desconcertantes y que le había sorprendido su paciencia. Y casi le intrigaba más que ella, pudiendo haberse apartado en cualquier momento, no lo hubiera hecho.

–Ha sido como darse con la cabeza en una pared. Es agradable cuando por fin acaba –dijo ella con frialdad.

–Algo me dice que soy yo el que estoy golpeando mi cabeza contra una pared –repuso él.

–No sé qué esperabas. No es culpa mía si no he sentido nada.

–¿Quieres decir que te he dejado fría? –le preguntó él fingiendo casi un educado interés–. Entonces tendré que intentar hacerlo mejor, ¿no?

Antes de que pudiera protestar, la rodeó entre sus brazos, acercándola a su cuerpo de un modo que hacía imposible que se moviera, dejándole así claro el poder de su cuerpo para dominarla, como si fuera una prisionera. Deslizó las manos entre el pelo de Darcy y cubrió su boca con la de él, silenciando lo que sin duda iban a ser palabras de ira.

Sus labios seguían siendo delicados al moverse sobre su boca, pero el beso profundizaba por momentos. Darcy se dio cuenta de que intentaba engatusarla para que abriera su boca, para así conseguir llevarla más allá, hacia una peligrosa rendición que sería devastadora.

De hecho, ya comenzaba a notar cómo sus sentidos

comenzaban a claudicar al sentir las caricias de su lengua y el latido del corazón de Joel tan cerca del suyo. Fue consciente también de cómo se le aceleraba el pulso y sus pechos parecían abultarse, con los pezones acariciando el encaje de su ropa interior.

Pero, además de las sensaciones, su cabeza comenzó a llenarse de recuerdos del pasado, recordándole que no podía dejar que aquello fuera a más. Se acordaba de otra boca, húmeda y hambrienta y de manos que la acariciaban y arrancaban su ropa con rapidez.

—Harry, no, por favor... No, no puedo... Por favor, no... —recordó diciéndole entonces.

Se acordaba perfectamente del ambiente cargado dentro del coche y de que le costaba respirar. Intentó luchar, quitarse a Harry de encima, pero él no le hacía caso, la ignoraba. Y recordaba más que nada el sobresalto y el dolor que sintió cuando él la penetró finalmente sin ningún cuidado ni consideración.

Sintió de nuevo la misma angustia y cólera. Eso era lo que los hombres hacían y a lo que los besos llevaban. Cuando por fin conseguían lo que querían. Incluso a la fuerza.

Se había jurado a sí misma que nunca dejaría que pasara de nuevo.

Joel la atrajo aún más cerca, pero ella colocó las manos firmemente en su torso y lo empujó con todas sus fuerzas. Él levantó la cabeza de inmediato, frunciendo el ceño.

—¿Qué es lo que pasa?

—Creo que esto ya ha ido demasiado lejos, eso es todo.

—¡Qué raro! Yo creía que no había hecho más que empezar.

—Pues estás equivocado —repuso yendo al otro extremo del sofá—. Se acabó. Y ahora, si no te importa, me gustaría irme a la cama.

La mirada preocupada de Joel se transformó en una sonrisa.

–¿En serio? Yo sólo soñaba con la alfombra frente a la chimenea, pero la cama suena mejor. Mucho más cómoda...

Muy a su pesar, Darcy se sonrojó de inmediato.

–¡No tiene ninguna gracia!

–Puede que no, pero creo que tampoco es como para que te pongas así. Lo que no entiendo es, ¿por qué un simple beso tiene la capacidad de ponerte tan tensa?

–Por la posibilidad de salir malherida.

–¿Por cualquiera o por mí?

–Por cualquiera y sobre todo por ti –repuso ella poniéndose en pie–. Te acompaño a la puerta.

–¿Así que ahora tampoco has sentido nada? ¿Ni siquiera un burbujeo en la sangre?

–Todo lo que ha despertado en mí es mi más profunda indiferencia. Buenas noches, señor Castille –le dijo con frialdad.

Mientras se disponía a abrir el cierre de seguridad, él se situó a su lado. Alargó el brazo y la atrajo hacia así con rapidez mientras una experta mano se deslizaba bajo su jersey hasta encontrar sus aún excitados pechos.

Su exploración sólo duró un segundo, pero esa leve caricia de sus dedos sobre sus erectos pezones hizo que todo su cuerpo se contrajera en la oscuridad del vestíbulo, con un inusitado deseo desconocido para ella.

–Y usted es una mentirosa, señorita Langton. Pero, ¡qué demonios! ¿Es así como quiere que juguemos? No tiene de qué preocuparse. No se lo pediré de nuevo –repuso de manera despreocupada–. Dispuesta o no, eres muy bonita de todas formas. Que duermas bien, si puedes.

Abrió la puerta, salió y la miró una última vez, con sus ojos azules como el hielo.

–Y el matrimonio sigue en pie. Hazte a la idea. Si

los besos son tabú, practica unas cuantas sonrisas para sustituirlos –añadió yendo hacia el coche.

Sus palabras de despedida retumbaron en la cabeza de Darcy durante largo rato. Se sentía perdida.

No podía quitarse de la cabeza lo que había pasado esa noche y lo que eso había traído a la memoria, la brutal experiencia con Harry y sus consecuencias. Los hechos que habían destrozado su inocencia para siempre y que aún afectaban su presente de algún modo.

Se fue a la cama sabiendo que no podría dormir, que su cuerpo no encontraría descanso esa noche. Un cuerpo que Joel había conseguido excitar unas horas antes sin casi esfuerzo.

Sabía más de lo que quería sobre el aroma y el sabor de ese hombre, sobre cómo se sentía alguien entre sus brazos y el tacto íntimo de sus manos...

Aunque sabía que sería difícil olvidarlo, al menos debía asegurarse de que no volvía a pasar.

Tendría que mantener las distancias, reconstruir las barreras. Porque, a pesar de lo que acababa de pasar, aún eran dos extraños y así quería que permanecieran las cosas hasta que terminara la farsa y se viera por fin libre de él.

# Capítulo 7

SABÍA que una fiesta de compromiso iba a ser una mala idea», pensó Darcy.

Acababa de subir a vestirse cuando su padre fue a decirle que el vuelo de Joel se había retrasado y llegaría tarde. Por un momento, no supo qué decir.

–No importa. Casi todos los invitados vienen sólo a despedirse de tía Freddie.

–A mí sí me importa –repuso su padre yendo a su propio dormitorio.

Darcy pensó que parecía cansado y más delgado.

Todo el mundo hablaba de la boda esa noche, deseándole toda la felicidad del mundo. Eso hacía que se sintiera culpable mientras enseñaba el anillo de compromiso a los que se lo pedían.

–¿Dónde está tu prometido? –preguntaban todos.

–Me temo que llegará tarde. Está en viaje de negocios –respondió ella mil veces con tono triste.

Después de un tiempo, pudo escabullirse al tranquilo invernadero con una copa de champán. Estaba al lado del comedor. Era su sitio favorito, lleno de ricos aromas y plantas.

–Así que aquí es donde te escondías. Te he estado buscando.

Habría conocido esa voz en cualquier parte. Se giró violentamente y parte del champán salpicó el suelo. Harry Metcalfe estaba en la puerta del invernadero observándola.

–¿Qué demonios estás haciendo aquí?

–Bueno, una vez te colaste en mi fiesta, cariño. Así que decidí devolverte el favor.

Darcy se puso tensa de inmediato al oír sus palabras.

–Es broma. Estoy viviendo con mis padres, así que he venido a la fiesta porque ellos están también invitados. Se lo preguntaron antes a tu padre, ¿no te lo comentó?

–No, no lo hizo.

–Supongo que se le olvidó. Bueno, la verdad es que tenía muchas ganas de verte.

–No puedo decir lo mismo –repuso ella con un nudo en la garganta.

–Hubo un tiempo en el pensabas de forma muy distinta, ¿recuerdas?

–No... No –contestó sintiendo cómo se le revolvía el estómago.

–Es increíble lo volubles que sois las mujeres –dijo acercándose a ella y mirándola con detenimiento de arriba abajo–. Creo que me has sustituido. Además, por el primo de Emma. ¡Qué casualidad! Eso nos convierte casi en parientes, ¿no, preciosa?

–No en lo que a mí respecta.

–La verdad es que siempre pensé que Joel se quedaría soltero y que llevaría hasta la muerte sus sentimientos por mi mujer. Debería agradecerte que hayas desviado su atención. Claro que esos sentimientos no han implicado fidelidad por su parte. De hecho, dicen que es todo un experto en la cama, así que supongo que tú debes de haber mejorado mucho también en estos dos últimos años, cielo. ¡Felicidades! –dijo mirándola con lascivia–. ¿Me dejas que amplíe tu repertorio antes de la boda?

–¡Eres repugnante!

–No, sólo tengo curiosidad. Porque no eras nada del otro mundo en ese terreno y no me explico por qué te empeñaste en buscarme después.

–Quizás quería que tus amigos se enteraran de que eres un auténtico cretino.

–No te engañes, querida. La mayoría habría estado encantada de observarme mientras me lo hacía contigo. Sólo el primo Joel decidió hacerse el caballero y echarte de allí.

–Perdóname, pero tengo que volver con mis invitados. ¿Me dejas pasar? –dijo dejando la copa.

Durante unos segundos, él no se movió. Después, para sorpresa de Darcy, se echó a un lado. Ella comenzó a caminar, pero entonces la agarró con fuerza. Ella luchó sin mucho éxito.

–Yo soy uno de tus invitados. También tienes que entretenerme a mí.

Se quedó inmóvil y rígida. Él se echó sobre ella. Darcy cerró los ojos instintivamente.

–Buenas noches –dijo entonces Joel.

Harry la soltó de inmediato y ella se apartó rápidamente, tropezando.

–Querido Joel. Estaba justo ahora comentándole a Darcy que tienes el don para intervenir en el momento menos oportuno y mira... ¡Lo has hecho de nuevo! ¡Lo siento, cielo! Parece que nuestra reunión tendrá que esperar hasta otro momento más oportuno.

–No –dijo Joel–. No lo creo. Y no te sientas obligado a quedarte durante el resto de la fiesta...

–¿Me estás echando? –preguntó Harry, fingiendo estupor–. Supongo que es una de tus especialidades. Bueno, no tienes por qué ponerte así sólo porque yo la he tenido antes.

Darcy vio cómo se tensaba la mandíbula de Joel y pudo oler la violencia en el aire.

–Joel, no –le dijo–. No, por favor...

Se alargó el silencio y Harry salió airosamente de allí, dejándolos solos.

–¿Qué pasa, tenías miedo de que le dañara su bonita cara?

Había estado muy asustada, pero por una razón muy distinta. Levantó la barbilla.

—Sé lo que debes de estar pensando...

—No, no creo que lo sepas.

—Pero no era lo que parecía, de verdad.

—¿No? ¿No te has escabullido de nuestra fiesta de compromiso para estar a solas con él? ¿Y no estabas en sus brazos, con los ojos cerrados esperando a que te besara?

—¿De verdad crees que yo provoqué eso?

—¿Por qué no? Está claro que Metcalfe y tú tenéis asuntos sin terminar. Y, aparte de que nuestro compromiso es una farsa, ¿es que se te ha olvidado que él está casado y a punto de tener su primer hijo? ¿O es que eso no te importaba?

Se dio cuenta de que, para Joel, ella siempre sería sospechosa. Era la golfilla mimada que perseguía a los hombres de otras mujeres. A él nunca se le ocurriría que Harry iba a besarla en contra de su voluntad. Sólo le preocupaba salvaguardar la felicidad de la joven que amaba, la prima que había elegido a otro hombre en vez de a él. Era a Emma a quién tenía que proteger. Nunca la protegería a ella. Joel debía de pensar que ella sólo podía causar dolor, nunca sentirlo.

—La santa Emma —dijo con angustia en su voz—. ¡Cómo podría olvidarla!

—¿Eso es todo lo que vas a decir? ¿Ni una excusa?

—Podría decir mucho, ¿pero de qué me iba a servir? Ya he sido procesada y condenada una vez más. ¿Puedo volver ahora a la fiesta? —dijo mientras se giraba y dirigía a la puerta.

—¡Darcy! ¡Espera! —Joel la siguió y tomó por los hombros para obligarla a girarse—. Si quieres que lo entienda, ¿por qué no me lo explicas? Háblame. Estoy preparado para escuchar.

«A otra gente, pero no a mí. Ya has decidido lo que piensas de mí», recapacitó ella con angustia.

–Joel, estoy segura de que sabes que es la última persona a la que contaría nada. ¿Puedo volver ahora a la fiesta, por favor?

–Enseguida. Pero antes tengo que recordarte con quién te vas a casar. Porque si piensas hacer el tonto por ahí mientras compartas mi apellido sufrirás las consecuencias. Y si tan desesperada estás por que te besen...

La tomó en sus brazos y besó con fuerza, sin ninguna de las consideraciones que había tenido con ella la vez anterior. Se dio cuenta de que en esa ocasión estaba castigándola y no había nada que pudiera hacer, excepto permanecer inmóvil, mientras él poseía sus temblorosos labios, abriéndolos a la fuerza y probando con su lengua la cálida y húmeda sensualidad de su boca. No se parecía a nada que hubiera vivido antes. Estaba aterrada, pero de una manera que estaba más cercana a la excitación que al miedo mismo.

Él la sujetaba tan cerca de su cuerpo, que podía notar cada músculo de su esbelta anatomía y ella se sentía desnuda dentro de su breve vestido de tafetán.

Todo el interior de Darcy temblaba, el estómago le daba vueltas y las piernas apenas aguantaban el peso de su cuerpo. Pero no podía sucumbir. Hiciera lo que le hiciera Joel, ella estaba decidida a mostrar indiferencia.

Iba a endurecerse y dejarle ver que no le había afectado el brutal e invasivo beso que estaba infligiendo en ella a modo de insulto.

Cuando por fin Joel levantó la cara y la miró, sus ojos azules parecían más oscuros, estaba sonrojado y susurró algo apenas audible que pudo haber sido su nombre.

Durante unos segundos, Darcy sintió la aceleración de su pulso, luego recobró un poco el sentido y se echó hacia atrás.

–Gracias por el aviso –dijo por fin–. Ahora que sé lo que esperar no cometeré más transgresiones.

–Buena idea –repuso él mientras Darcy se alejaba sin mirar atrás y salía del invernadero–. Porque no tengo intención de dejarte escapar, cariño. No lo olvides.

Darcy miró el jardín desde la ventana. El sol había estado brillando cuando salió de la iglesia unas horas antes, como una mujer casada, la señora de Joel Castille. Pero, desde entonces, se había nublado, pensó que debía de ser algo premonitorio.

Lois se había ofrecido a ayudarla a quitarle el vestido de novia, pero ella le dijo que prefería estar sola. Su amiga había estado preocupada por ella desde el día de la cena la semana anterior.

Darcy temía el momento de conocer a los Latimer, que eran al parecer los mejores amigos de Joel. Estaba nerviosa por eso y por lo que había pasado en el invernadero. Los encuentros con Joel habían sido pocos y muy formales desde entonces. Se imaginaba que él ni se acordaba de lo sucedido.

Fueron juntos en el coche hasta el restaurante. Ella estaba tan tensa, que él lo notó.

–¿Qué es lo que te pasa?

–Me pregunto lo que tus amigos van a pensar de este matrimonio, se darán cuenta de que no es auténtico...

–No todas las bodas rápidas son acuerdos de negocios –repuso él con frialdad–. Puede que piensen que nos conocimos y nos enamoramos tan apasionadamente, que no podemos esperar.

–Eso no es muy creíble.

–No si te comportas como si estuvieras esperando tu turno en el corredor de la muerte.

–¡Claro, perdón! Tú, en cambio, no sé qué haces siendo ingeniero cuando podrías ser actor.

–No me tomaré eso como un halago porque supongo

que no lo es. Pero he tenido que tratar durante años con todo tipo de clientes, gobiernos corruptos y sindicatos reticentes. Eso me ha enseñado a sacar el mayor provecho de cada situación. Si todo falla esta noche, al menos disfruta de la comida.

En otras circunstancias, Darcy habría congeniado enseguida con Greg y Maisie Latimer.

–¡Vaya, no eres como esperaba! –le comentó Maisie cuando se encontraron solas en el lavabo.

–¿Es eso bueno o malo?

–Creo que bueno –dijo la otra joven pensando un momento–. ¡Sí, es bueno! Ya sabes que Joel y Emma Norton tuvieron algo en el pasado, ¿no?

–Sí... Algo he oído.

–Bueno, la familia, por supuesto, no estaba de acuerdo, porque son primos. Así que ella acabó casándose con otro tipo. Harry...

–Metcalfe.

–Sí, eso es. Joel tuvo que ir a la boda y todo. Fue muy duro para él. Después, pasamos un tiempo sin verlo, fue cuando empezó a trabajar por ahí fuera. Así que gracias por traerlo de vuelta al mundo real y darle algo por lo que volver a vivir.

«¡Dios mío! Si tú supieras», pensó Darcy.

–Creo que Joel es capaz de resolver sus problemas sin ayuda de nadie.

–No, Joel puede ser tan vulnerable como cualquier hombre en lo que se refiere al corazón.

Maisie tomó el bolso y fue hacia la puerta.

–¿Es guapa la prima de Joel? –le preguntó Darcy en un impulso.

–Bueno, sí. Pero con una belleza un tanto frágil. Tú eres completamente distinta, así que no pienses que eres una especie de fotocopia o premio de consolación. Estoy seguro de que Joel sabía exactamente lo que hacía cuando te eligió.

Estaba claro que Joel se había propuesto ganarse a Lois y Mick y lo estaba consiguiendo. En su lado de la mesa, los tres reían sin parar.

Cuando se despidieron tras la cena, Lois se acercó disimuladamente a ella.

–Cariño, ¿estás segura de lo que estás haciendo?

–¿Por qué?

–Ese hombre tiene un atractivo letal. Y es alguien que sabe lo que quiere y cómo conseguirlo. Creo que te has metido en un buen lío.

–Créeme. Todo saldrá bien.

Le había dicho que todo saldría bien y sólo faltaba que ella creyera sus propias palabras.

Habían pasado apenas unas horas desde la boda, tenía la alianza de oro en su mano izquierda y toda su ropa metida en un elegante juego de maletas que estaba ya en el vestíbulo para ser trasladado a la casa de Chelsea, donde vivirían mientras ese matrimonio durase.

Las cosas y ropas de su padre ya habían sido empaquetadas y llevadas hasta la casa de campo. Un equipo de pintores y decoradores estaban restaurando las principales estancias de la casa de Londres, entre ellas el dormitorio principal. Aunque eso, se recordó, no era asunto suyo.

Ella se encargó de examinar las pruebas de colores para las paredes, telas para cortinas y papeles pintados que le enviaban sin el más mínimo interés. Después de todo, no era más que una inquilina. Y nadie iba a cambiar su dormitorio, había insistido en ello. Él había accedido sin mucho interés. Lo cual debía tranquilizarla, pero, aun así, se sentía muy inquieta.

Llamaron a la puerta y Joel entró en la habitación. Se había cambiado ya y puesto algo mucho más deportivo.

–¿Es que piensas tirarte por la ventana?

–No. Papá nunca me perdonaría si estropeara sus rosales.

–Buena razón –asintió él–. La gente espera para despedirnos. Es hora de irnos.

–Entonces no podemos hacerles esperar –repuso ella abrochándose la chaqueta de su traje gris.

–¿Qué vas a hacer con eso? –preguntó Joel señalando el traje de novia que colgaba del armario.

–Lois lo llevará a la tintorería y luego lo devolverá a la tienda de alquiler.

–Bueno... Nadie podrá acusarte de ser una sentimental, Darcy.

–Ha cumplido su función –repuso ella defendiéndose–. Los sentimientos no vienen a cuento.

–Aun así, déjame decirte lo increíblemente bella que estabas en la iglesia esta tarde. Casi me quedo sin respiración al verte entrar.

«Pues apenas me miraste», pensó ella recordando también la fuerte impresión que le había causado a ella verlo en la iglesia con su elegante chaqué negro.

Durante la ceremonia se había comportado como un extraño, respondiendo con frialdad cuando era necesario.

–Un toque de afecto para convencer a los invitados –le sugirió entonces ofreciéndole la mano.

Ella se la dio de mala gana y bajaron juntos las escaleras, donde una multitud los esperaba con aclamaciones y sonrisas de afecto. Se separaron al momento.

Darcy desapareció entre abrazos de varias mujeres. Miró a Joel, rodeado de sus amigos, y oyó de pronto una sonora carcajada procedente de ese grupo. Se imaginó de qué tipo sería la broma y no pudo evitar sonrojarse.

Fue casi un alivio salir de la casa y llegar al coche, mientras les arrojaban pétalos de rosa.

Aunque, por otro lado, eso significaba estar a solas con él hasta que llegaran a Londres, donde comenzaba su vida de casados. Se sentó tan lejos como pudo de él, pensando, una vez más, si no se habría metido en un lío mayor de lo que estaba dispuesta a admitir.

# Capítulo 8

INTENTÓ echarse hacia atrás y relajarse, pero la falda se le había subido por encima de las rodillas. Se la ajustó instintivamente, pero vio que Joel la estaba mirando.

–Dicen que las mujeres no hacen eso para cubrir las piernas sino para atraer la atención sobre ellas –comentó él.

–Eso es una estupidez.

–Pareces irritada. Supongo que estás cansada. Me ocuparé de que te acuestes pronto...

–Estoy bien –repuso ella estirándose–. No estoy cansada, así que no te preocupes.

–Eso puede ser un problema, porque hace un par de horas prometí cuidarte. Lo recuerdo perfectamente.

–Sólo es parte de la ceremonia. No significa nada –repuso ella sin darle importancia–. Por lo menos no para nosotros, que debemos concentrarnos en las promesas que hicimos hace unas semanas, cuando empezó esta ridícula farsa.

–Darcy, ¿piensas seguir expresándote así o crees que podríamos llegar a hablarnos con educación? ¿Por qué no intentamos llevarnos bien?

–De acuerdo –contestó ella sin mirarlo.

–Me alegra oírlo –repuso él.

Apartó la vista para mirar por la ventanilla. Le pareció oírle suspirar. No lo entendía, ella debía de ser la que se arrepintiera de aquello.

Al cabo de un rato, el movimiento del coche y la comodidad de los asientos comenzaron a surtir efecto en Darcy. Cerró los ojos, pero se prometió que no se quedaría dormida.

–Despierta, Darcy. Ya casi hemos llegado –fue lo siguiente que oyó.

Se sentó de inmediato, apartándose el pelo de la cara.

–Ya lo sabía. Gracias –repuso a la defensiva.

–¡Menuda mentirijilla! Pero la verdad es que estás preciosa cuando duermes. Veo que era verdad que no estabas cansada. E incluso roncas un poco...

–No estaba realmente dormida. ¡Y no ronco!

–Claro que no, querida. Lo que tú digas –respondió él sonriendo.

Casi lo fulminó con la mirada. Miró por la ventanilla, aún desorientada, y vio que no estaban en Chelsea, sino cerca de un aeropuerto.

–¿Qué pasa? ¿Dónde estamos?

–Llegando al aeropuerto de Heathrow.

–¿Heathrow? –repitió confusa–. ¿Es que te vas de viaje de negocios?

–Por supuesto que no. Venimos para tomar el vuelo que nos lleva al Caribe de luna de miel.

–¡No estarás hablando en serio! ¡No puedes...! –exclamó ella ya completamente despierta.

–Por supuesto. Después de la boda, la feliz pareja se va a algún sitio paradisíaco para pasar unos días de vacaciones, aislados del mundo. Ésa es la costumbre.

–Pero éste no es un matrimonio convencional.

–En algunos aspectos sí lo será. Y éste es uno de ellos –repuso con frialdad él–. Pensé que nos vendría bien relajarnos al sol. Creo que te gustará Augustina. Es una isla muy pequeña propiedad de un constructor que conocí en Estados Unidos. Tiene un hotel allí y una docena de bungalows. Es un sitio muy tranquilo. Tu padre piensa que últimamente has estado pálida y nerviosa, que necesitas vacaciones.

—¿Y no pensaste en que estaría bien comentármelo?

—Creí que sería mejor darte la sorpresa.

—Esto no es una sorpresa —dijo ella entre dientes—. Ahora entiendo por qué tenía que renovar con tanta prisa el pasaporte. Mi padre me dijo que era para los viajes de negocios.

—Y también para ésos.

—¿Y mi equipaje? No tengo nada apropiado. Mis cosas de verano están en Londres.

—Tu padre hizo que la señora Inman pusiera algunos bañadores y otras cosas en una maleta para ti. Y hay tiendas en el hotel. Puedes agotar todas mis tarjetas de crédito si se te antoja.

—Gracias. Lo estoy deseando.

Pero mentía. No tenía ganas de hacer nada de eso. Sólo se sentía enferma y asustada.

—Nuestros mostradores de facturación están por allí.

«No puedo hacer esto. Tengo que irme», pensó ella desesperada.

La terminal estaba tan llena, que no le hubiera sido muy difícil darle el esquinazo. Intentó calcular si tendría suficiente dinero para pagar un taxi hasta Londres, entonces podría ir a casa de Lois. No creía que él la siguiera, eso dejaría a la luz que su mujer había preferido huir a ir con él de luna de miel.

—¿Tengo tiempo para comprar un par de libros?

—¿Tienes miedo de aburrirte? ¿Por qué no esperas a que lleguemos? Venden libros en el hotel.

—¿Y el vuelo? ¿Quieres que te compre algo? ¿Un periódico o una revista?

—No, gracias. ¿Por qué no compras también un juego de parchís por si nos aburrimos de verdad? —añadió con ironía.

—Buena idea —respondió con voz dulce—. O incluso

el Monopoly. Dura tanto, que no habrá tiempo para el tedio.

Se alejó sin correr. Después de un rato, miró y ya no podía verlo. Buscó a su alrededor, intentando encontrar la salida más cercana y una parada de taxis.

Estaba cerca de la puerta cuando una mano la detuvo, agarrándola por el hombro.

–¿Sigues buscando la librería, querida? –le preguntó Joel–. Creo que vas en la dirección equivocada y no me gustaría que te perdieras –añadió tomándola de la mano.

–Por favor –pidió ella con voz ronca–. No me hagas esto, por favor.

–Te estoy ofreciendo unas vacaciones al sol, cielo. No pienso ir solo. Si de verdad quieres leer algo en el avión, tengo unos libros sobre la isla. Para cuando llegues allí, serás una experta.

Viajaron en primera clase. La azafata les sirvió champán y Darcy lo bebió mientras leía sobre la isla. Parecía idílica. Un sitio diseñado para parejas que quisieran disfrutar de un retiro romántico, que era lo último que ella quería.

Cada bungalow tenía una piscina privada y un jardín tropical que llegaba hasta la playa. Se podía comer en la terraza o en el hotel. Todas las noches había baile y juegos de casino. Tenían un campo de golf y la posibilidad de montar a caballo.

–¿Has hecho submarinismo alguna vez? –le preguntó él.

–No, nunca.

–Entonces, éste es el sitio ideal para aprender. He oído que el arrecife es espectacular.

–Bueno, puede que lo intente.

Para gran alivio de Darcy, leyó que todos los bungalows tenían dos dormitorios. De ser así, quizás Joel fuera a mantener su palabra después de todo y no había de qué preocuparse.

Por el contrario, quizás pensase que las palmeras, la luz de la luna y la playa iban a ejercer una especie de hechizo en ella que hiciera que accediera a sus deseos. Entonces, iba a descubrir muy pronto que estaba equivocado. No iba a dejar que la sedujera.

Estaba anocheciendo cuando llegaron. La última parte del viaje era en barco.

Se quedó impresionada. El hotel era muy lujoso, pero el ambiente relajado. Los empleados parecían muy cordiales y amables.

–Señor Castille, me alegro de verlo de nuevo –dijo el director saliendo a recibirlos–. El señor Ferrars ha tenido que ir a Miami, pero volverá en un par de días. Me ha encargado que cuide personalmente de usted y de su encantadora esposa.

Le pareció ver sorpresa en el rostro del director al mirarla, como si esperara a otra persona.

Un botones llamado Vince llevó su equipaje hasta un coche. Ellos se metieron también y los llevó hasta el bungalow.

–No sabía que habías estado aquí antes –le dijo ella.

–Sí, vine para la inauguración. Fue una fiesta estupenda.

–Supongo que tu acompañante también se divirtió –repuso sin pensarlo.

Se arrepintió al instante. Había sonado como si estuviera celosa y no le gustaba.

–Pues sí, creo que sí. Los dos lo pasamos bien. ¿Quieres más detalles?

–¡No! –exclamó ella.

–Entonces dejemos el tema. Además, ya hemos llegado.

Vince sacó el equipaje y ellos bajaron del coche. Darcy intentaba disimular cuánto le temblaban las piernas, allí iban a estar completamente aislados. Entró directa al salón, la estancia principal. Parecía muy agradable, con grandes y cómodos sofás. En una esquina había una pequeña pero moderna cocina. Joel la esperaba a la entrada de un pasillo en la parte trasera.

–Los dormitorios están aquí –le dijo–. Uno a cada lado. Son idénticos, ¿alguna preferencia?

Ella sacudió la cabeza. Se sentía tan aliviada, que no podía ni hablar.

Hacía mucho calor. Se había quitado la chaqueta en el barco pero, aun así, sentía la boca seca y tenía la blusa empapada.

Vince se fue, contento con su propina.

Ella entró en el dormitorio. La gran cama, vestida con sábanas blancas, estaba flanqueada por dos mesitas de noche y un silencioso ventilador daba vueltas en el techo sobre ella. El baño era también espacioso y muy lujoso, lleno de caros artículos de tocador y esponjosas toallas.

Pero se fijó en que no había cerraduras en las puertas del dormitorio ni del baño.

Comenzó a sacar su ropa de la maleta. La señora Inman lo había hecho muy bien. Allí estaba toda la ropa que iba a necesitar. También encontró, envuelto en papel de seda y atado con un lazo, un camisón. Era leve como una nube, de gasa color marfil. El canesú y los tirantes estaban bordados con delicadas flores de seda. Nunca había visto nada parecido. Estaba mirándolo cuando se dio cuenta de que estaba siendo observada.

Se giró y vio a Joel en el umbral. Se había cambiado. Sólo llevaba un par de vaqueros color crema. Estaba descalzo y no pudo evitar fijarse en su cuerpo, esbelto, bronceado y musculoso.

–Estaría bien que llamaras a la puerta a partir de ahora –repuso ella cuando se recuperó.

–Y tú que te relajaras un poco. Vine a ver si te apetecía nadar un rato. La piscina está aquí mismo.

–Gracias por decírmelo –repuso ella mientras devolvía el camisón a la maleta con rapidez.

–¿No te ha gustado?

–Sí... Es precioso. Pero no sé de dónde ha salido.

–Es un regalo mío, del novio a la novia. Después de todo, la noche de bodas es muy especial y pensé que deberías llevar algo igualmente especial.

–Gracias –contestó ella con un nudo en la garganta–. Yo... Yo no esperaba nada. Vamos que... Que no te he comprado nada.

–No pasa nada. Además, siempre duermo desnudo.

–Eso es demasiada información –repuso ella sin mirarlo–. Y no me apetece nadar. Gracias.

–Muy bien. Lo añadiré a la lista.

–¿Qué lista?

–La de actividades en las que prefieres no participar. ¿Quieres cenar aquí o en el hotel?

–No tengo mucha hambre...

–Bueno, yo sí. Así que, ¿por qué no nos apañamos con el desayuno de mañana?

–¿A qué te refieres?

–Al frigorífico. Muchas parejas tienen sus razones para no querer que los molesten por las mañanas, pero tienen que comer tarde o temprano. Así que siempre hay huevos, jamón y cosas así en la cocina –le dijo con una sonrisa–. ¿Por qué no te portas como una buena esposa y me preparas algo de comer mientras voy a nadar?

–Antes muerta que cocinar para ti.

–También quiero café. Lo tomo solo –añadió ignorando su comentario–. Y dos huevos revueltos. Llámame cuando esté todo listo. Cuando estoy solo también nado desnudo. Estás avisada.

Lo vio alejarse mordiéndose el labio. Era verdad. La habían avisado. No le gustaba cómo iban las cosas. Fue al dormitorio y se cambió, poniéndose un conjunto más veraniego, de algodón.

No le hacía gracia cocinar y servir a Joel, pero no

quería provocarlo. Así que fue a la cocina y comenzó a prepararlo todo. Iba a dejar que comiera solo, pero cuando olió el jamón se le hizo la boca agua y añadió más para ella.

Tuvo la tentación de quemarle la comida, pero era demasiado orgullosa. Sabía que estaría todo delicioso. Lo llamó y él apareció al instante, con su pelo negro, húmedo y brillante.

–Esto está buenísimo –dijo él al probarlo–. ¿Cómo no me dijiste que sabías cocinar?

–¿Qué crees que hacía si no en el yate de Drew Maidstone? –repuso ella sin levantar la mirada–. Me pillaste una vez haciendo el ridículo. Eso no me convierte en escoria para siempre, ¿no?

–Te he pillado dos veces... Uno de estos días tendrás que contarme qué es lo que ves en ese Metcalfe.

–Veo al marido de tu prima –respondió ella con extrema seriedad–. ¿No es suficiente para ti?

–Sí. Si fuera verdad.

Y continuaron comiendo en silencio después de aquello.

Después, Joel insistió en quitar la mesa y meter los platos en el lavavajillas. Algo que Darcy agradeció, porque la cocina era demasiado pequeña para dos personas que no se llevaban bien. Ella estaba continuamente aplastándose contra los armarios para evitar cualquier tipo de roce accidental con él. Algo que, estaba segura, él había notado.

Después, no hubo mucho más que hacer y fueron al salón, donde no hubo más que silencios.

–Ha sido un día muy largo –dijo él después de un rato mientras se estiraba–. Creo que es mejor que nos retiremos a dormir. ¿Te parece bien?

–Sí –repuso ella fingiendo un bostezo–. Buenas noches.

Cuando llegó a su habitación estaba sin aliento, casi

como si hubiera estado corriendo. Pensó que una ducha fresca le vendría bien. Se sentía muy tensa e iba a necesitar dormir. Tenía muchos días y noches a los que enfrentarse.

El gel de ducha olía a claveles y la ayudó a relajarse. Cuando salió, se encontraba mucho mejor.

El regalo de Joel era el único camisón que tenía allí, así que se lo puso y volvió al dormitorio. Se metió en la cama y miró al techo. No podía dejar de pensar en conversaciones e imágenes de ese día. Pero tenía que dormir.

Se giró para apagar la lámpara de la mesita y fue en ese instante cuando vio la puerta abrirse y a Joel entrando en la habitación. Llevaba un batín granate que le llegaba hasta medio muslo y nada más.

–No digas que no te lo advertí –le dijo él mientras se acercaba a su cama.

Su peor pesadilla se estaba haciendo realidad.

–¿Qué haces aquí? –repuso ella cuando al fin pudo hablar–. Fuera de mi habitación. ¡Fuera ahora mismo!

–De eso nada –susurró él–. Eres mi esposa, Darcy, y ésta es nuestra noche de bodas. Creo que ya te esperado bastante, ¿no crees?

# Capítulo 9

DURANTE unos segundos, Darcy se quedó inmóvil, asimilando lo que acababa de oír.

–Pero lo prometiste –le dijo sintiéndose traicionada–. Dijiste... Me diste tu palabra de que no te acostarías conmigo.

–Y no lo haré. No he venido aquí a estar simplemente acostado... Acostarse es un término muy ambiguo, ¿no te parece? –le dijo sonriéndola–. Y ahora, cielo, deja que te mire.

Retiró la sábana y levantó las cejas al verla con su blanco camisón.

–Casi virginal –comentó–. Aunque los dos sabemos que no es así. ¿Te lo quitas o lo hago yo?

Darcy se rodeó el cuerpo con las manos, mirándolo con los ojos como platos.

–No me toques. No te atrevas a tocarme. Me has mentido, canalla. ¡Me has engañado!

–Es un rasgo que tenemos en común. Es una suerte que no vayamos a tener hijos, sólo Dios sabe cómo saldrían –le dijo–. Nadie te ha engañado. Ya te dije una vez que te deseaba, sólo era cuestión de tiempo que ocurriera. Y tú lo sabías.

–¡Joel! –suplicó temblando–. No hagas esto. Te lo suplico. No me fuerces a hacerlo. No... No podría soportarlo.

–No creo en la fuerza, cariño. Sólo en una suave persuasión. Empezando con esto.

Con gran habilidad, le levantó el camisón y se lo quitó por encima de la cabeza.

Estuvo mirándola largo rato. Darcy no podía moverse. Estaba estupefacta. Todo el cuerpo le ardía. Era el primer hombre que la veía desnuda y el primero que la miraba así.

–Eres preciosa, Darcy –le dijo finalmente en un susurro–. Mucho más que en mis sueños, si eso es posible.

Él soltó el cinturón del batín y lo dejó caer, revelando que era lo único que llevaba.

Darcy gritó indignada y se giró en la cama, dándole la espalda. Pero era demasiado tarde, ya había otra imagen grabada en su memoria. Sintió cómo él se echaba a su lado y le acariciaba un hombro.

–¡No me toques! –le gritó.

–Ya te he dicho cuáles son mis intenciones, así que deja de protestar, cielo.

–No me digas eso –murmuró ella–. Porque yo también te dije una vez que odio el sexo y que nunca quería volver a hacerlo.

–Sí, lo recuerdo.

–Y, ¿por qué no puedes entenderlo y respetar mi decisión?

–Darcy, querida, sé que un montón de jóvenes encuentran algo decepcionante su primera experiencia sexual, pero eso no les lleva a jurar castidad. ¿No es un poco exagerado?

–Pensé que me ibas a dejar en paz –dijo comenzando a llorar de repente–. ¡Dios mío! Me casé contigo sólo con esa condición y lo sabes. Pero los hombres nunca se creen que no quieres ser maltratada. Porque cuando dices «no», en realidad quieres decir «sí», ¿verdad, Joel? Porque eso es lo que todas las zorras como yo queremos, ¿no?

Se sentó en la cama, mirándolo, sin importarle que sus pechos estuvieran descubiertos. Las lágrimas corrían libres por su pálida cara.

—¡Eso es lo que Harry me decía continuamente mientras lo hacía! Todo el tiempo estuve intentando quitármelo de encima, apartarlo, gritándole que parara, que me estaba haciendo daño... Mucho daño. Pero él no lo hizo... No lo hizo... No lo hizo.

—¡Darcy! —dijo Joel con un tono desconocido en su voz, casi agónico—. ¡Dios mío, Darcy! ¿Qué me estás contando? ¿Me estás diciendo que Harry Metcalfe... te violó?

—¿Violarme? —repitió ella sacudiendo la cabeza—. No. No. La violación no existe, sólo estúpidas jovencitas que cambian de opinión cuando ya es demasiado tarde. ¿No lo sabías? Harry, sí. Me lo dijo él.

La cara de Joel expresaba todo lo que se le estaba pasando por la cabeza. Murmuró algo obsceno entre dientes y tomó la caja de pañuelos de papel de la mesita de noche, pasándole unos cuantos a Darcy. Después, se agachó a por su batín y cubrió los hombros de ella.

—Cuéntame lo que pasó.

—Había ido a una fiesta a casa de una chica, Isobel. Sus padres no estaban en la ciudad. No la conocía muy bien, pero me di cuenta nada más llegar allí de que había sido un error. Harry estaba allí y se ofreció a llevarme a casa —comenzó tragando saliva y jugando nerviosa con el borde de la sábana—. Él no te mintió cuando te dijo que yo había estado loca por él durante años. Cuando supe que se había prometido, se me hundió el mundo. Fue genial que me prestara atención entonces, ofreciéndose a llevarme a casa. Pero no fuimos directamente, condujo hasta un bosque y aparcó allí. Me dijo que necesitaba hablar con alguien, que su compromiso había sido un error y que quería romper, que ella era genial pero no para él. Me dijo que muchas veces la chica que de verdad querías estaba allí mismo y no la veías. Yo me sentí como si todos mis sueños se estuvieran haciendo realidad –dijo intentando sonreír sin conseguirlo.

–Sigue –le dijo Joel.

–Empezó a besarme. Y entonces es cuando todo cambió, debería haber sido genial, pero no lo fue. No me gustó, no sé por qué. Le dije que me llevara a casa, pero él dijo que era demasiado temprano y me besó de nuevo. Me dijo que tenía una boca preciosa y entonces... Entonces se bajó la cremallera del pantalón e intentó bajarme la cabeza para que... Pero no pude, no pude...

–No –dijo Joel en voz baja–. ¿Por qué ibas a hacerlo?

–Se rió de mí –continuó Darcy con voz temblorosa–. Me dijo que estamos en el siglo XXI y que debería relajarme, que pensaba que todas las chicas de mi edad practicaban el sexo oral. Comenzó a manosear mis pechos y le dije que parara, pero me dijo que sabía lo que de verdad quería. Y entonces se echó sobre mí y me arrancó la ropa interior. Intenté gritar, pero todo era tan agobiante. No salía ni un sonido de mi garganta. Así que... Ocurrió.

–¿Y después? –preguntó Joel interrumpiéndola.

–Me dijo que tenía mucho que aprender sobre los hombres, que no debía provocarlos para después echarme atrás.

–¡Dios mío! ¿Quién más sabe esto?

–Nadie.

–¿Por qué no se lo dijiste a la policía?

–Porque era mi palabra contra la suya. No sabía si iban a creerme. Era el hijo de un vecino y todo el mundo sabía lo que sentía por él. Y mucha gente en la fiesta me vio irme con él. Además, él ya había establecido su defensa. Diría que le había animado y después inventado esa historia para vengarme por no dejar a Emma. Si lo contaba, mi padre y mi tía se enterarían, y no podía soportarlo. No podía hacerles tanto daño ni dejar que supieran que les había mentido al no decirles que había ido esa noche a esa fiesta. Sabía que no iba a gustarles. Supongo que sólo quería olvidarlo todo, olvidar lo tonta que había sido...

–Entonces, ¿por qué apareciste esa noche en el club? ¿No sería para decirle que era un canalla?

–No. Fui allí porque acababa de enterarme de que me había quedado embarazada de él.

Se hizo un grave silencio entre los dos.

–¡Oh, Dios mío! –dijo con emoción en su voz mientras la abrazaba–. ¿Y por qué fuiste, Darcy? ¿Es que pensabas que iba a ayudarte?

–No... No sé. Supongo que estaba conmocionada. No podía pensar con claridad. Él era el padre y no sabía a quién más acudir. Entonces me pareció lo lógico.

–Y en vez de ver que estabas metida en un buen lío, te traté como a una ramera y te eché a la calle –dijo él con amargura–. No me extraña que fueras tan desagradable conmigo cuando nos volvimos a ver. Tenías motivos suficientes.

–Quizás debería haberte estado agradecida. Esa misma noche, sufrí un aborto. Y me di cuenta, mucho después, de que había sido mejor así. Y cuando recobré el sentido, vi que había sido mala idea ir. Que no quería que lo supiera, que eso era lo último que hubiera querido.

Se volvió para mirar a Joel. Se fijó en la dureza de su boca, la ira que había en sus ojos y algo más, casi angustia.

–Y no quiero que lo sepa nunca, Joel. Tienes que prometerme que no dirás nada. Todo terminó y ya ha pasado. Además, también hay que pensar en Emma.

–Creo que Emma sabe muy bien con quién se ha casado. Pero esto no ha terminado, Darcy. Aún llevas contigo mucho miedo y dolor. Y yo no he hecho más que empeorar las cosas, reabriendo tu pesadilla, una que ya dura dos años.

–Quizás ahora entiendas por qué establecí esas condiciones antes de casarme contigo...

–Sí. Todo esto explica muchas cosas.

–No sé por qué te he contado todo esto. No era mi intención –dijo ella deprisa–. Lo siento.

–No lo sientas –repuso él, soltándola y dejándola sobre los almohadones–. Después de todo, yo te empujé a ello –añadió con una breve sonrisa.

Joel se levantó y salió de la habitación, cerrando la puerta. Suspiró aliviada. Aunque, al mismo tiempo, echaba de menos apoyarse en su hombro, la firmeza de su cuerpo y su fuerte brazo rodeándola. Era muy raro, pero era como si le faltase algo.

No quería que se quedara, pero había estado bien que la escuchara, que la creyera. Incluso había sido amable con ella. Y eso que él era el último hombre en la tierra al que hubiera pensado decirle todo aquello. Ni siquiera Lois y Mick conocían toda la verdad.

Pero a Joel tenía que decírselo. Se dijo que era la única manera de hacerle entender por qué no podría soportar que la tomaran contra su voluntad una vez más. Parecía haberlo comprendido.

Se envolvió mejor el batín, inspirando la fragancia que lo impregnaba. Olía a Joel. A su piel y a su colonia. Una breve mirada a su esbelto y fuerte cuerpo le había dejado claro que ella habría perdido si todo hubiera acabado en una lucha cuerpo a cuerpo. Por fortuna, él la dejaría tranquila. Había admitido su derrota y abandonado el campo de batalla.

Pero mientras intentaba tranquilizarse, la puerta se abrió de nuevo. Joel apareció, esa vez con una toalla alrededor de su cadera. Traía una botella de vino y dos copas.

–No entiendo. Creí que te habías ido. ¿Qué haces aquí?

—El hotel piensa en todo. Incluso en este «jarabe para todo». Pensé que te vendría bien.

—Estoy bien. No necesito nada.

—No digas tonterías. ¿Qué vas a beber si no en tu luna de miel? Claro que suele usarse para brindar después de la consumación del matrimonio —meditó mientras sacaba el corcho—. En nuestro caso lo usaremos para celebrar otra cosa. Brindemos por la sinceridad.

Le ofreció un vaso y se tumbó a su lado en la cama. Se sentía incómoda, pero prefirió seguirle la corriente. El vino estaba fresco y la ayudó a calmarse un poco. Bebió pequeños sorbos. Joel rellenó rápidamente su copa en cuanto se quedó vacía.

—No, no más. Gracias.

—Pero no podemos dejar que se eche a perder. Además, te ayudará a relajarte.

—No me hace falta —dijo tomando un trago—. Ya estoy prácticamente dormida.

—No —le dijo él con suavidad mirándola a los ojos—. De eso nada. No vas a dormirte todavía. Ni tú, mi preciosa esposa... Ni yo. Y nuestro matrimonio va a empezar de verdad ahora. En este sitio y en este instante.

Durante un segundo se quedó inmóvil mirándolo, después, furiosa, le arrojó lo que quedaba de vino en su copa. Joel le quitó la copa de la mano.

—Nunca me han gustado ese tipo de gestos. Es un vino tan bueno... Pero hay más para después.

—¡No habrá «después»! Acabo de decirte por qué no quiero un matrimonio en ese sentido...

—Y te he escuchado.

—¿Y qué parte es la que no has entendido? —exclamó herida.

—Te pasó algo terrible, Darcy —dijo con amabilidad—. Pero no puedes usarlo como excusa para no seguir adelante con tu vida o para negar tu sexualidad. Porque, aunque te convenzas de lo contrario, estás lista para amar y ser amada.

–¿Amar? –repitió con voz temblorosa–. No sabes lo que eso significa. ¡Me das asco!

–No –repuso él sin inmutarse–. No creo que te dé tanto asco, porque en el pasado has reaccionado cuando te he besado o tocado, Darcy.

–¡Dios mío! ¿Qué más vas a decirme? ¿Que lo estoy deseando?

–No. No iba a decirte eso. Y tampoco tengo intención de hacerte daño, abusar de ti o insultarte. Sólo quiero mostrarte que el sexo también puede brindar mucho placer. ¿Es eso tan terrible?

–Sí –repuso ella casi llorando–. Cuando sabes que no quiero que ocurra.

–Cariño, creo que no sabes lo que quieres... Y, a pesar de lo que he dicho, Darcy, no tengo prisa, puedo esperar, si tengo que hacerlo. Pero esta noche, al menos vamos a empezar –dijo llevándose la mano a la toalla que le cubría la cadera–. Y ahora, si no quieres sonrojarte, cierra los ojos.

–¿Por qué no apagas las luces?

–Porque no te gusta la oscuridad. Además, quiero poder ver tus ojos y que tú veas los míos –le dijo él–. Y aunque el color de esa seda va muy bien con tu piel, estarías mejor sin ella.

Darcy abrió la boca para protestar, pero volvió a cerrarla. Se quitó el batín, y se cubrió con la sábana. Él lo tomó y vio que sacaba de los bolsillos un paquetito que dejaba sobre la mesilla. Ella se imaginó lo que era y sintió cómo le hervía la sangre. Iba a ocurrir, pensaba acostarse con ella e incluso estaba preparado para ello. Se volvió y escondió la cara en la almohada.

–¡Eres un hijo de...!

–Soy un hombre que quiere hacer el amor con su

mujer –repuso mientras se metía en la cama–. Y todos los insultos del mundo no van a cambiar eso.

Cuando alargó la mano para tocarla, Darcy se resistió en silencio. Pero, antes de que se diera cuenta, estaba entre sus brazos, sin que pudiera acusarlo de haber usado la fuerza. Se quedó inmóvil allí, temiendo el momento en que la acariciara y tomara.

Pero, tal y como le dijo, Joel parecía no tener prisa. Comenzó a acariciarle con sus expertos dedos el hombro y el brazo, como si tocara un animal. Lo repitió una y mil veces hasta que Darcy, muy a su pesar, fue relajándose poco a poco.

También empezó a explorarla con sus labios, besando su pelo y moviéndose después hasta sus párpados cerrados, sus sienes, mejillas y finalmente hasta la boca, que ella mantenía cerrada.

Joel siguió besándola, con su boca moviéndose sobre la de ella de una manera persistente y lenta, intentando conseguir algún tipo de reacción en ella. De repente notó un temblor en su interior, como el aleteo de una mariposa. Una señal de debilidad que no podía permitirse.

–¿Nada? –dijo él cuando levantó por fin la cabeza.

–Nada –repuso ella furiosa y casi sin aliento–. Creí que ya lo había dejado claro. No te daré nada.

–¿Y crees que yo voy a tomar algo en contra de tu voluntad? No, querida. Te lo prometo.

Apartó la sábana y se colocó de rodillas a su lado, tomando sus manos y sujetándolas por encima de la cabeza de Darcy.

–Suéltame. ¡Suéltame ahora mismo! –exclamó ella mientras se revolvía fuera de sí.

–De eso nada. Pero no dejes de retorcerte. Estás de lo más sexy, una fantasía hecha realidad.

Se quedó quieta de inmediato, mirándolo irritada y con lágrimas humedeciendo sus ojos.

–Esto no tiene gracia.

–No –le dijo él con voz ronca–. Y yo no estoy bromeando.

Se agachó y la besó en el cuello, justo en el punto donde su pulso galopaba fuera de sí. Desde allí comenzó su descenso, dejando que su boca explorara, sin ninguna prisa, el hueco en la base de su cuello y la esbeltez de su clavícula. Llegó hasta los hombros y plantó pequeños besos en el interior de cada brazo, que aún mantenía prisioneros, deteniéndose en la delicada piel del interior del codo antes de seguir hasta las muñecas.

Darcy cerró los ojos y se mordió el labio, intentando ignorar el traidor calor que invadía todo su cuerpo. Se sentía como si la empujaran al borde de un abismo. Tenía que luchar antes de perder el control. Él le soltó las manos, ya podía defenderse, pero sus brazos parecían pesos muertos sobre la cama.

Le acariciaba de nuevo la cara con delicadeza, dibujando el perfil de su boca mientras besaba su garganta y después los lóbulos de las orejas.

Su respiración se volvió entrecortada y supo que él también se habría dado cuenta. Eso era lo que siempre había temido de él. En su interior, sabía que podía despertar deseos y necesidades que no quería experimentar. Y que, de algún modo, podía llegar a perderse y formar parte de él.

Estaba pensando en que no podía dejar que él tomara el control cuando sintió por primera vez la boca, cálida y tentadora, de Joel sobre su pecho. Supo entonces que había razón para temerlo porque sus sentidos comenzaron a despertar. Intentó decir que no, pero no le salió la voz, sólo un tímido gemido.

Joel cubrió con sus manos los senos de Darcy, acariciándolos con delicadeza, capturando uno y otro pezón entre los labios, jugando en su boca con ellos mientras su lengua conseguía que se encendieran y endurecieran en cuestión de segundos.

No podía creerse que le estuviera haciendo aquello, pensaba que era algún extraño tipo de dulce tortura que estaba consiguiendo nublarle los sentidos. No podía dejar que siguiera haciéndolo...

Pero esa vez, cuando Joel la besó de nuevo, ella se rindió impotente a sus demandas. Sabía que no podía seguir resistiéndose. La besó en profundidad, de manera apasionada y con gran habilidad.

Cuando por fin levantó la cabeza y la miró, la mirada de Darcy estaba empañada por las dudas. Él susurró su nombre y la abrazó. Sus erectos pezones rozaron el pecho de Joel de una manera que casi le quitó la respiración. Entonces él la besó de nuevo y ella se estremeció. Con la otra mano, Joel comenzó a acariciarle el resto de su cuerpo, descubriendo cada curva, desde el estómago y el ombligo hasta sus caderas. Cada roce hacía que se acelerara su pulso.

Pero cuando la mano de Joel llegó al muslo, Darcy se quedó rígida de repente, recordando sólo el dolor de lo que iba a venir después.

Él, sintiendo la tensión, se detuvo y volvió a besarla de nuevo, acariciando sus pechos y deshaciéndose en mimos hasta que notó que el cuerpo de Darcy se rendía una vez más. Eso era lo que más temía ella, ese sometimiento emocional, ese despertar de su inexperta sexualidad que, sin duda, él iba a usar en su contra. Era la más exquisita de las seducciones.

Sus manos volvieron a recorrer su cuerpo hacia abajo, haciendo que se arqueara y temblara bajo sus palmas. Esa vez, Darcy no se resistió cuando Joel separó sus muslos y ella sintió por vez primera cómo sus dedos se deslizaban para explorar su parte más íntima, provocando en ella una reacción física de una intensidad que nunca había experimentado. Gritó sua-

vemente, confusa, atrapada entre el miedo y la vergüenza.

Joel la besó y murmuró palabras tranquilizadoras
mientras con sus dedos buscaba el pequeño capullo, escondido entre sus pétalos, húmedos y cálidos. Lo acarició hasta que ella comenzó a gemir, atormentada, llena
de una necesidad y un deseo que no iba a negar por más
tiempo.

De inmediato, la caricias profundizaron, se hicieron
más rápidas y persistentes, haciéndola sentir dentro,
muy dentro de ella, el exquisito ritmo que Joel estaba
creando para ella.

–¡Dios mío! –exclamó con voz entrecortada Darcy–.
¡Oh! ¡No, por favor...!

Quería que parara porque el placer era casi demasiado grande para soportarlo, y seguía aumentando. Aunque sabía que se moriría si él se detenía en ese instante.

Podía sentir contra sus muslos la propia excitación
de Joel pero, por algún motivo, ya no tenía miedo. Su
cuerpo estaba impaciente, ansioso por ser satisfecho.

Y, como si él lo supiera, le tomó la mano y la condujo con delicadeza para que rodeara su erecto miembro.

–Tómame, cariño. Por favor...

Temblando. Ella hizo lo que le pedía, guiándolo
dentro de ella y ahogando un grito cuando sintió finalmente cómo la penetraba, llenando su cuerpo con un
prolongado movimiento.

Durante unos segundos, Joel se quedó inmóvil, mirándola a los ojos en busca de una señal que le dijera
que estaba sintiendo dolor o miedo. Después, se inclinó
despacio y cubrió la jadeante boca de Darcy con un vo-
luptuoso beso.

Comenzó a moverse, con fuerza, pero lentamente,
como si fuera la marea. Y su ritmo pasó a ser el de ella
que, agarrada a sus hombros, levantó las caderas hacia
él.

Joel le besó los pechos, jugando con los erectos pezones y haciendo que le faltara el aliento.

Entonces, de repente, sintió una especie de pulso palpitando dentro de ella. Empezó con suavidad y se fue haciendo más fuerte. Las sensaciones se intensificaron hasta convertirse casi en agónicas. En cuestión de segundos estaba fuera de control y su cuerpo se convulsionaba en pequeños espasmos de increíble placer. Y cuando éste llegó a su punto más álgido, Darcy gritó maravillada. Se sentía como si fuera a desmayarse.

Poco a poco, las sacudidas fueron a menos y los movimientos de Joel comenzaron a acelerarse. El hombre de acero estaba perdiendo el control, parecía perdido. Su cuerpo se agitaba con urgencia, galopaba, casi torturado, como si fuera su último día en la tierra. Cuando alcanzó su clímax, lo oyó gemir con un placer que parecía casi salvaje.

# Capítulo 10

DESPUÉS, sólo hubo silencio. Darcy se quedó quieta, preguntándose si podría volver a moverse de nuevo. Se sentía completamente exhausta, física y emocionalmente. Y, de repente, tan triste que sólo le apetecía llorar. Era una dura vuelta a la realidad.

Joel se movió primero, incorporándose con cuidado y apoyándose en las almohadas. Sonreía y parecía exultante. Lo veía como el conquistador al lado de su botín.

Darse cuenta de ello hizo que se sintiera furiosa, con él y con ella misma. Para Joel, ella había sido un reto. Le había dicho que no podía tenerla, le había dicho por qué y eso le había dado igual. Sólo la había hecho más deseable a sus ojos.

Y sabía que no era todo culpa de Joel. Ella podía haberlo detenido, ahora tendría que vivir con la vergüenza de lo que había hecho. Se dio cuenta de que había demostrado muy poco orgullo.

—Estás muy callada, señora Castille —le dijo él con suavidad—. ¿En qué piensas?

—Sólo en que, si has terminado conmigo, me gustaría que te fueras. Porque quiero dormir.

—Pues duerme —repuso él sin dejar de sonreír.

—Quiero decir sola. Necesito mi propio espacio. ¿O también me vas a engañar con eso?

Hubo un silencio y después Joel se incorporó despacio.

–Querida, ¿no estarás volviendo ahora a ese ridículo acuerdo? No ahora, después de...

–¿Después de que me obligaras a acostarme contigo? ¿Es eso lo que ibas a decir?

–No. Pero es interesante que digas eso porque no oí que protestaras, sobre todo hacia el final...

–Claro que no. Es obvio que se te da muy bien, seguro que ya te lo han dicho. Muchas veces.

–¿Es ése el problema? –preguntó él frunciendo el ceño–. ¿Mi presunto pasado sexual?

–Eso no es problema. Eres mi marido, como acabas de demostrar, y tienes derechos que estás dispuesto a imponer. No puedo luchar contra eso. Pero, a cambio, me gustaría tener algo de la paz y privacidad que me prometiste. Y las quiero ahora.

–¡Dios mío! Hablas en serio.

–¿Por qué no? Tú has conseguido lo que querías. Ahora es mi turno. Vete, por favor.

–Hace unas horas, brindamos por la sinceridad. Así que, reconozcámoslo, los dos conseguimos lo que queríamos –añadió mirándola directamente a los ojos–. Darcy, no lo olvides. Así que duerme todo lo que puedas, mientras puedas. Porque no he terminado contigo, tal y como tú lo has expresado. Ni de lejos. Y quiero que estés simpática, impaciente y despierta la próxima vez que invada tu querida privacidad.

–Te odio –repuso ella con amargura.

–Estoy seguro –dijo él poniéndose el batín–. Pero eso no importa porque un día, cuando esto se acabe, conocerás a alguien. Un hombre al que puedas querer y con quien quieras vivir, alguien con quien quieras tener hijos. Y, en vez de esconderte de él, irás contenta a sus brazos, porque sabrás como ser una mujer y estar con un hombre. En vez de ser una niña asustada. ¿Quién sabe? Quizás incluso recuerdes agradecida esta noche.

Lo observó mientras salía de la habitación, se dio la vuelta y lloró amargas lágrimas.

A la mañana siguiente se despertó con el canto de los pájaros y la luz del sol invadiendo la habitación. Abrió los ojos desorientada, hasta que recordó lo que había ocurrido la noche anterior con consternación e incredulidad.

Oyó a Joel hablando con alguien. Se levantó y se puso el albornoz. Abrió las ventanas y salió al balcón. Daba a la piscina. Había cómodas tumbonas alrededor y una elegante mesa de hierro.

Allí estaba él, con unos pantalones cortos que se ajustaban perfectamente a su anatomía y dando vueltas mientras hablaba por teléfono.

–Lo sé –decía con tono suave–. Lo sé, querida. Lo entiendo. Pero no te precipites. Bueno, te tengo que dejar. Hasta luego –añadió al girarse y ver a Darcy–. Buenos días –le dijo.

La miró de arriba abajo y ella no pudo evitar sonrojarse, en contra de su voluntad.

–¿Es que tienes frío? –preguntó al verla con el albornoz puesto.

–No. Pero la señora Inman olvidó meterme una bata para ponerme sobre el camisón.

–Creo que es una romántica y pensó que no sería necesaria.

Se sonrojó aún más, pero intentó pensar en otra cosa. Como la conversación telefónica que acababa de interrumpir. Se preguntó a quién habría llamado «querida».

–¿Algún problema? –preguntó señalando el teléfono.

–Nada que no pueda solucionar. ¿Quieres café?

–Muy bien. Pero pensé que yo era la esclava doméstica en este sitio.

–Después de lo de anoche, tengo en mente otro tipo de esclavitud...

El corazón le dio un vuelco y no pudo sino estremecerse al oírlo.

–¿Te han dicho alguna vez que eres un completo y absoluto hijo de...?

–Cientos de veces –lo interrumpió él–. Pero no es verdad. Mi madre y mi padre vivieron muy felices. Fue amor a primera vista. Tenían personalidades muy fuertes pero sus disputas nunca duraban mucho y estoy seguro de que las reconciliaciones eran espectaculares.

–¿Si creciste viendo un matrimonio tan ideal, cómo has podido acceder a esta farsa?

–Porque incluso esto tiene sus compensaciones –le dijo con suavidad–. Además, no va a durar para siempre así que, aún hay tiempo.

–¿Para qué? Creí que la chica que querías ya estaba comprometida.

–Puede haber otras –repuso encogiéndose de hombros.

–¿Vas a buscar una buena chica y sentar la cabeza? No lo veo claro. No te veo como hombre de una sola mujer –le dijo con tono burlón.

–Seguramente tengas razón –contestó él mirándola–. Y ahora dime algo, ¿qué demonios estás intentando esconder que no haya visto ya?

–Lo siento, pero no me siento tan cómoda como tú con la desnudez.

–Más lo siento yo –dijo él sonriendo pícaramente.

La invitaba a sonreír también, a relajarse, a convertirse de nuevo en la chica que estuvo entre sus brazos la noche anterior.

–Pero me imagino que tendrás un traje de baño en la maleta.

–Claro.

–Pues cámbiate, en Inglaterra hace frío, pero aquí

tenemos sol y una piscina, disfrutemos de ellos porque
el invierno puede ser muy largo. He pedido unas ensala-
das para el almuerzo y reservado mesa para cenar, ¿te
parece bien?

–¿Te importa mi opinión? Como demostraste anoche, harás exactamente lo que te apetezca –le dijo levantándose de la mesa–. Y ahora si me disculpas...

Fue hasta el dormitorio, casi temiendo que la siguiera, desde luego no lo deseaba. Al llegar al bungalow
miró para atrás, Joel estaba de nuevo al teléfono y ni siquiera miraba en su dirección. Se preparó un baño rela-
jante. Tenía que hacerse a la idea cuanto antes de la
nueva situación.

Ahora era la señora Castille, en todos los sentidos.
Le dolía todo el cuerpo desde la noche anterior. No era
nada grave, de hecho era incluso agradable, pero le recordaba lo ocurrido.

Estaba claro que era un amante experimentado, que
sabía cómo conseguir que la mujer con la que estaba
disfrutara. Ella no había sido nada especial. Ni siquiera
un reto de verdad. Porque se había entregado con mucha facilidad.

Comenzó a enjabonarse preguntándose de nuevo
con quién estaría hablando Joel. Quería saberlo y al
mismo tiempo odiaba su curiosidad, porque sabía que
no era asunto suyo, que era mejor no oír conversaciones
privadas porque podía llegar a escuchar algo que la des-
trozara.


Fue uno de los peores días de su vida, aunque debía
haber sido maravilloso.

«Así es como vivían los invitados en el yate de
Drew Maidstone mientras yo limpiaba sus camarotes y
trabajaba en la calurosa cocina», pensó ella.

Tomaron el sol, bebieron té helado y nadaron en la

piscina. A la hora prevista, Vince les llevó la mejor ensalada César que había probado en su vida y una fuente de frutas tropicales.

—Los mangos son complicados... —dijo ella perdiendo la batalla con la fruta.

—Tendrás que ponerte un traje isotérmico la próxima vez —le aconsejó él.

Los ojos de Joel se fijaron en la gota de zumo que había caído en el valle entre los pechos de Darcy. Se inclinó sobre la mesa y la capturó con el dedo, lamiéndoselo después.

—O pensándolo mejor, pide más mangos —le dijo.

Su caricia fue ligera pero hizo que algo se estremeciera en el interior de Darcy. Algo tan intenso, que casi la hizo gemir. Ella se esforzó en ocultarlo y quitarle importancia.

—Creo que el traje isotérmico sería más seguro.

—¿No has pensado nunca en vivir peligrosamente?

—No. Me gusta más la vida tranquila.

—Entonces, piensa mejor lo de ser ingeniera. Puede que acabes en lugares arriesgados y los nativos no son siempre cordiales.

—Me arriesgaré. ¿Quieres café? —dijo secándose las manos en la servilleta.

—Cuando vuelves a tu papel de anfitriona, siento que soy yo el que estoy viviendo al límite... Sí, cariño, me encantaría tomar café. Pero tengo trabajo, así que lo tomaré aquí mismo.

Para cuando el café estuvo listo, la mesa ya estaba despejada y Joel estaba sentado frente a su portátil, concentrado en la pantalla. Dejó la taza a su lado y él le dio las gracias casi sin mirarla.

Fue al dormitorio y se cambio de bikini. Salió de nuevo a las tumbonas y se echó bocabajo en una. La comida y lo poco que había descansado la noche anterior hicieron que comenzara a adormilarse, cerró los ojos y, al poco tiempo, estaba soñando. Paseaba sola por jardines que parecían junglas, había habitaciones vacías por todas partes. Una mujer con un velo andaba frente a ella por la playa y un hombre, cuyo rostro no podía ver, la agarró como si se tratara de una presa. Cuando la tocó y sintió sus dedos en la piel, se sentó deprisa.

Pero entonces se dio cuenta de que se trataba de Joel, que estaba inclinado sobre ella.

–¿Qué estás haciendo? –preguntó furiosa y sin aliento al darse cuenta de que le había desatado la parte de arriba del bikini.

–Estaba poniéndote crema en la espalda –repuso él enseñándole la botella–. Intentaba evitar que te quemaras y que te quedara la marca del bañador. ¡Nada más! Así que cálmate, ¡por Dios!

–¿Es que te extraña? –le dijo con voz entrecortada–. ¿Es culpa mía que me asuste tenerte cerca, que me toques, después de lo de anoche? ¿Lo es?

Él la miró durante largo rato.

–Si eso es cierto, Darcy, la culpa es mía, toda mía –le dijo después con voz tranquila.

Dejó la crema en la mesa y fue a la casa. Ella lo vio marchar, con los brazos rodeando su cuerpo y sintiendo un gran dolor en su interior que no lograba entender.


Creía que había exagerado su reacción, tenía que decírselo, admitir que sus palabras no habían sido verdad, que no tenía miedo de él sino de ella. Que él le había hecho descubrir cosas que desconocía, había hecho que su cuerpo se convirtiera en un mar de sensaciones, que una caricia suya era suficiente para hacerle perder el control.

Tenía que decirle todo eso, antes de que perdiera el valor y fuera demasiado tarde.

Dejó la parte de arriba del bikini en la tumbona y

entró en el bungalow, pero no estaba en el salón. Llamó a su dormitorio, pero también estaba vacío.

Fue a su habitación y se envolvió en un pareo. Decidió ir hasta la playa, imaginó que estaría allí.

Salió por el balcón, atravesó el jardín y pronto vio el océano, con su agua verde esmeralda. Joel estaba a unos doscientos metros. Era una figura inerte, mirando al horizonte. Fue hacia él. Cuando la sintió acercarse, se giró hacia ella, pero siguió sin moverse del sitio.

—No sabía dónde estabas.

—Quería dar un paseo. Necesitaba pensar.

—¿Y has llegado a alguna conclusión?

«Dime que anoche lo cambió todo, que has visto que me necesitas y quieres que empecemos de nuevo, como un matrimonio de verdad. Por favor, Joel. Dímelo...», le instó ella sin palabras.

—Sí, me he dado cuenta de que te he tratado con un egoísmo brutal, incluso viniendo de alguien como yo, cuyos valores son cuestionables. No tengo excusa para lo que hice, sólo que te deseaba. Pero eso va a acabar porque nuestras vidas van a seguir distintos caminos, Darcy, y eso es lo que importa. Lo olvidé durante un tiempo y lo siento. Fue un error traerte aquí. Pensé que... Bueno, ya sabes lo que pensé. Podemos irnos antes de tiempo o trasladarnos a un hotel más grande o incluso a dos hoteles distintos.

Darcy pensó que entonces era el momento de acercarse a él, abrazarlo y decirle que eso no era lo que quería. Pero temía que él se apartara, que quizás sólo se había tratado de una vez, una noche, que no tenía sitio en su futuro.

Se dijo que, mientras le quedara algo de orgullo, tenía que ser ella la que se apartara de él.

—Pero esto es precioso. Parece absurdo irse cuando simplemente podemos acordar seguir adelante como si nada hubiera pasado, ¿no?

Él asintió de mala gana y ella aprovechó para seguir hablando.

–Bueno, será mejor que me arregle para la cena en el hotel.

–Muy bien –contestó él con una sonrisa triste–. Te veo luego.

«Y yo te veré vaya donde vaya y en todo lo que haga durante el resto de mi vida», pensó ella mientras se giraba de vuelta hacia el bungalow.

# Capítulo 11

SE puso uno de sus vestidos favoritos. Era de una tela verde y sedosa cortada al bies, que le confería gran movimiento al andar. Tenía un gran escote, finos tirantes y le llegaba hasta las rodillas. Se calzó sandalias de tacón alto. Su pelo se curvaba con suavidad sobre los hombros.

Se miró al espejo y se vio muy bien, cualquiera diría que acababan de romperle el corazón. Sólo ella sabía que todo ese despliegue era por Joel. Su secreto y su problema. Pensó que quizás, al mirarla, lamentara lo que acababa de decidir. Pero quizás no, quizás había satisfecho con creces su curiosidad sexual porque, después de todo, ella no podía aportar nada en ese terreno, hasta Harry lo había dicho. Y Joel era sofisticado y experimentado.

La esperaba en el salón con una bebida en la mano. Él también estaba muy elegante, con un esmoquin blanco pero sin pajarita. Se volvió cuando entró, levantando las cejas al verla.

—Me has dejado sin habla —le dijo.

Por instante, Darcy pensó que le tendía los brazos, pero sólo le ofrecía una bebida como la suya.

—No, gracias. Esperaré a llegar al hotel.

—Haces bien. Su especialidad es un ponche letal que llaman Barracuda. No te dejes engañar...

—Gracias por el aviso —repuso intentando parecer despreocupada.

—Por cierto, acabo de llamar a tu padre para decirle que estamos bien. Te manda recuerdos. Le dije que lo llamarías mañana.

—Muy bien.

Se sintió mal al darse cuenta de que no lo había llamado desde su llegada, pero, por otro lado, no sabía qué iba a contarle, no quería mentirle más y decirle que todo iba genial.

—¿Puedes andar con esos tacones o llamo a Vince para que nos lleve en coche?

—Puedo andar. Y bailar también si alguien me lo pide.

—Seguro que alguien te lo pide —repuso él.

Pero lo dijo de un modo que implicaba que no sería él el que fuera invitarla a la pista de baile. El mensaje era claro. No quería que flirteara con él.

Así que anduvieron juntos en la oscuridad y ella tuvo sumo cuidado de no tocarlo, ni siquiera rozarlo con su mano. Se alegró al ver por fin las luces del hotel. Llegaron por la parte de atrás, atravesando los jardines, las piscinas y las mesas que las rodeaban. Muchas estaban ocupadas y las conversaciones y risas llenaban el aire junto con una suave música de salsa que procedía de dentro del hotel. De pronto de sintió tímida, como si todos pudieran ver la farsa que estaban representando.

—¿Qué te pasa? —le preguntó él.

—No esperaba que hubiera tanta gente. El bungalow es tan tranquilo...

—Sí, por eso lo elegí —dijo dándole la mano—. Pero ya verás, esta gente es muy cordial, mucho más que los miembros del comité de Werner Langton y a ellos los soportas... —añadió—. Nuestra mesa está allí. ¿Te atreves antes con un ponche Barracuda?

—¡Claro!

Fueron hasta el bar y les sirvieron las bebidas en dos piñas decoradas con frutas tropicales.

—Está riquísimo —dijo ella al probarlo—. ¡Dios mío! Es más fuerte de lo que parece al principio.

—No ha matado a nadie, pero ve despacio —repuso sonriente—. Porque si no puedes con ello, no voy a llevarte a casa en brazos. Te quedarás donde caigas inconsciente —le advirtió—. Su especialidad es el marisco. ¿Te gusta la langosta?

—Me encanta.

—Entonces la tomaremos a la plancha y con arroz Mariella, en honor a la mujer de Ferrars.

Darcy vio entonces al director acercándose a ellos.

—Siento interrumpirles, pero el señor Castille tiene una llamada urgente.

—Muy bien —le dijo Joel—. ¿Estarás bien aquí?

—Claro. Si no me ves cuando vuelvas, mira debajo del taburete.

Lo vio alejarse y las miradas que atraía en otras mujeres. Tendría que acostumbrarse. Tomó otro sorbo de la bebida, intentando no pensar en quién lo habría llamado.

—¡Darcy, cielito! ¿Qué estás haciendo aquí?

Habría reconocido esa voz en cualquier parte. Sólo lamentaba no poder salir corriendo.

—¡Drew! ¡Qué sorpresa!

—¡Vaya, vaya! —repuso él girándose hacia el hombre que lo acompañaba—. Ted, esta es Darcy Langton, la conozco desde de hace un montón de tiempo...

—No hace tanto. Si ya lo has olvidado, pasé unos meses trabajando un tu barco a cambio del salario mínimo.

—Bueno, ahora parece que te va muy bien. De hecho, estás preciosa. ¿Me dejaste plantado por dinero? Deberías haberme pedido un aumento, cielo —dijo mirándola de arriba abajo.

—No estaba tan desesperada —le dijo ella—. Bueno, ¿qué haces en Augustina?

–Bob Ferrars va a construir unas casas en el otro lado de la isla. Pensé en ver el lugar y hablar con él, pero al parecer no está. Y tú, ¿estás trabajando aquí como relaciones públicas?

–No –dijo Joel–. Es mi esposa.

Apareció de la nada y se colocó a su lado, colocándole un posesivo brazo sobre los hombros.

–¿En serio? –preguntó Drew estupefacto–. Eres Joel Castille, ¿no? Creo que nos conocimos hace unos años en París, cuando compré unas tierras allí.

–Sí, así es –asintió Joel.

–Y ahora te has casado con la pequeña de Gavin Langton. Bueno, bueno. ¡Felicidades, chico! Es una chica estupenda –dijo sonriendo maliciosamente–. Aunque no sé si podrás domesticarla.

–Ni siquiera lo intentaré –repuso él–. Bueno, tenemos que irnos, cielo, se calienta el champán.

–Nosotros estamos sentados ahí al lado. Tomad una copa con nosotros –les dijo Drew–. Nos encantaría. Y Darcy y yo nos tenemos que poner al día.

–¿En serio? Lo dudo mucho –dijo ella–. Nos tenemos que ir. Que disfrutéis de la velada.

–Vaya sorpresa, ¿no? –le dijo Joel cuando se sentaron–. Está bien encontrarse con amigos.

–No me he encontrado con ninguno. Drew no lo es –dijo mirando la cubitera junto a la mesa–. ¡Era verdad lo del champán! ¿Por qué quieres brindar esta vez? ¿Por ser aún más sinceros?

–No, quizás por la amistad.

–Buena idea, uno nunca puede tener demasiados amigos –le dijo intentando ocultar su dolor.

La verdad era que no quería ser su amiga, quería ser algo más. Quería todo lo que no podía darle porque pertenecía a otra persona, quería su amor.

El corazón comenzó a latirle con fuerza y se le nubló la vista al darse cuenta de lo que estaba pasando. Incrédula, se dio cuenta de que se había enamorado de Joel Castille. Era más que eso, lo amaba. Le había entregado su corazón, junto con su cuerpo. Y no quería que fuera su amante, también su marido y el padre de sus hijos. Su hombre hasta el fin de sus días y más allá.

No sabía si reírse o llorar. La situación era absurda. Estaba atrapada. Quizás por eso quería mantenerla a distancia, porque creía que podía llegar a ocurrir lo que había pensado.

–¿Estás bien? –le preguntó él observándola–. Parece que no estás aquí.

–Sí. Sólo estoy algo absorta con este sitio. Esa piscina es fabulosa.

–Sí, la escuela de submarinismo la usa un par de horas cada día. He pensado en salir en barco esta semana, si tomas unas clases puedes venir conmigo. Podemos explorar juntos el arrecife.

–Gracias, pero creo que no. No soy muy buena nadadora.

Además, no podía soportar su amabilidad, ni la idea de hacer algo con él como amigos. No quería que sustituyera su pasión con amabilidad. Era demasiado doloroso.

El champán y la langosta estaban deliciosos. En otras circunstancias, habría sido una cena estupenda. Pero Darcy llevaba demasiado dolor en su interior para disfrutarla. No comieron en silencio, pero no hablaron de nada importante, sólo compartieron divertidas anécdotas. Joel, de los principios de su carrera y ella. de sus trabajos como au pair. Al menos podían reírse, aunque ella se muriera por dentro.

Pero poco a poco fue quedándose sin energía y necesitó estar sola, aunque sólo fuera durante unos minutos.

–¿Estarán abiertas las tiendas que me mencionaste? –le preguntó mientras tomaban el café.

–Claro –repuso él sorprendido–. ¿Es que quieres renovar ahora tu vestuario?

–No, sólo pensaba en comprar algo para leer. Esta vez de verdad.

–No lo dudaba. No hay manera de escaparse de aquí. ¿Será esto suficiente? –preguntó dándole unos billetes.

–Es demasiado –repuso devolviéndole la mayoría–. No leo tan deprisa.

La galería comercial estaba en el piso inferior. Darcy ignoró las boutiques de los diseñadores más exclusivos del momento y fue directamente a la librería. No era grande, pero contaba con una buena selección. Compró varios libros y se encaminó hacia el restaurante.

Pero una camisola atrajo su atención en el escaparate de la boutique de lencería. Era una especie de chilaba leve, escotada, con rajas a los lados de las piernas y en un azul pavo real. Se abrochaba al frente con decenas de botones dorados. Era una prenda de lo más sexy y exótica y no pudo evitar pensar en qué le parecería a Joel si se la compraba y ponía la próxima vez que pasaran una velada a solas.

–¿Piensas comprarla? –le preguntó Drew Maidstone.

–Desde luego que no –repuso ella sorprendida–. Acabo de ver lo que cuesta.

–Pues deberías, sería perfecta para ti. ¿Por qué no le pides al celoso de tu marido que la compre?

–Joel no es celoso en absoluto, no tiene razones para serlo.

–Entonces es demasiado protector –repuso mirándola–. Puede que me pase luego por tu mesa y te pida que bailemos. Por los viejos tiempos... A ver cómo reacciona.

–No te molestes, porque la contestación será no.

–Sigues siendo de hielo, preciosa, pero seguro que él hace que te derritas. Nunca pensé que Joel Castille fuera de los que se casaban, ni que tú fueras su tipo. La vida está llena de sorpresas –añadió tirándole un beso y alejándose de allí.

No se fiaba de él. Volvió a la mesa. Estaba vacía. Miró a su alrededor y vio que Joel estaba apoyado en la barandilla, con la mirada perdida. Fue hasta allí.

–Has tardado mucho.

–No podía decidirme.

–Bueno, me alegro de que hallaras algo que te gustara. Iba a tomarme un coñac, ¿quieres uno?

–No, gracias. La verdad es que estoy deseando empezar a leer uno de estos libros. ¿Te importa si me retiro ya y vuelvo al bungalow?

–No, claro que no. Pero voy contigo.

–No hace falta. Quédate y... Disfruta del resto de la noche.

–No vas a andar sola y de noche hasta allí. Si no quieres mi compañía, al menos deja que Vince te lleve en coche, ¿de acuerdo?

–Veo que no tengo otra opción.

–Buenas noches. Que duermas bien –le dijo Joel cuando la despidió en el vestíbulo.

Cuando llegó al bungalow, fue directamente al dormitorio. Intentó leer, pero no podía concentrarse. Al poco rato se durmió, para despertarse minutos después cuando oyó la puerta de entrada abrirse. Se sentó en la cama, esperando escuchar sus pasos en el pasillo.

Pensó que quizás decidiera entrar en su habitación, para ver si estaba dormida. Y, a lo mejor, si ella lo miraba, lo sonreía y decía su nombre, decidía a pesar de todo quedarse con ella.

En un impulso, saltó de la cama, se quitó el camisón y fue hasta el tocador. Se sentó allí y comenzó a cepillarse el pelo. Deseó ser una sirena, saber alguno de sus cantos y poder atraerlo. Comenzó a susurrar su nombre una y otra vez.

«Por favor, para. Abre la puerta y entra», rezó insistentemente.

Pero él ni siquiera se detuvo y al instante oyó la puerta del dormitorio de Joel abrir y cerrarse, su sonido una especie de sentencia. Se miró en el espejo y se echó a llorar. Nunca se había sentido tan sola.


A la mañana siguiente, le costó muchísimo ducharse y vestirse. Se sentía fatal después de lo que había hecho la noche anterior. Se sentía tan patética, que no quería ni pensar en ello.

Lo encontró en la terraza, tomando café y estudiando un mapa de la isla.

—Bueno días —la saludó él poniéndose en pie como todo un caballero—. ¿Has dormido bien?

—Sí, gracias —mintió ella.

—Has recibido una nota —dijo entregándole un sobre con el logotipo del hotel y sentándose de nuevo.

Lo abrió y leyó su contenido.

«Te eché de menos anoche. Ven y almuerza conmigo en el barco. Drew»

La nota le revolvió el estómago. La hubiera roto, pero eso le hubiera dado más importancia. Así que simplemente se la guardó en el bolsillo de su chaqueta. Joel parecía absorto en el mapa.

—¿Hago más café? —le preguntó ella.

—Para mí no, gracias. Me voy enseguida. He reservado un barco para hacer submarinismo. ¿Te gustaría venir, aunque no te sumerjas? ¿Para ver lo que conlleva y si te gusta?

—Creo que no, seguro que sólo entorpezco las cosas —repuso ella en voz baja.

—Ya. Supongo que tienes otros planes.

Lo dijo con un tono neutro, pero no engañó a Darcy. Estaba claro que sabía que la nota era una invitación de

Drew. Lo que desconocía era que ella prefería morir torturada antes que aceptar.

—Sí, muchos planes —repuso ella despreocupadamente—. No me voy a aburrir ni un instante.

—Bueno, intenta hacer tiempo para llamar a tu padre —dijo él con algo de dureza.

—Claro, intentaré hablar con mi tía Freddie también, si no te importa.

—Muy bien —repuso él poniéndose en pie y recogiendo la bolsa que tenía al lado—. Hasta luego.

El buceo podía ser peligroso. Quería decirle que tuviera cuidado, pero no pudo.

—Pásatelo bien —le dijo Darcy entrando rápidamente en el bungalow sin esperar su respuesta.

Una vez sola, tiró la nota a la basura.


—Cariño —le dijo su padre afectuosamente—. ¿Eres feliz? ¿Te trata bien Joel?

—Todo es maravilloso —le aseguró ella—. Y este sitio es precioso.

—Bien, bien.

Hablaron durante un rato. Su padre parecía distraído.

—Quería decirte que voy a estar unos días fuera y no podrás localizarme.

—¿Un viaje de negocios o placer?

—Pura rutina. Te llamo en cuanto vuelva.

—Muy bien —dijo ella algo confusa—. Pronto tendremos que hacer planes para la Navidad.

—Bueno, aún no corre prisa... —contestó él—. Cuídate, cariño. Que Dios te bendiga.

Darcy colgó el teléfono pensando que su padre sonaba algo raro. Aunque quizás sólo estaba obsesionándose porque el resto de su vida se desmoronaba.

La mañana se le hizo eterna. Nadó, leyó, pero no

conseguía relajarse. No se quitaba a Joel de la cabeza y se arrepintió de no haber ido con él. Estaba en la cocina cuando Vince llegó.

–¿Qué pasa? ¿Ha ocurrido algo? –le preguntó asustada, imaginándose lo peor.

–Una entrega para usted, señora –dijo entregándole una gran caja atada con lazos.

–Tiene que ser un error... –comenzó ella.

Pero él ya estaba metiéndose de nuevo en el coche.

Darcy desató el lazo y abrió la caja. Al sol, el azul pavo real de la camisola brillaba aún más. Posó la caja sobre la mesa y se dejó caer en una silla. No había tarjeta, pero sabía de quién era. Estaba claro que Drew sabía que no iba a aceptar su invitación y decidió ponerla en un aprieto con un regalo tan caro y de connotaciones tan íntimas.

Era una suerte que Joel no estuviera allí. No sabía qué conclusiones habría sacado. Pero Drew no iba a ganar esa batalla. Fue a la cocina en busca de tijeras. Cortó la caja y el lazo. Envolvió el camisón en el papel de seda y lo enterró todo en el cubo de la basura. Casi lloró al hacerlo, era una prenda preciosa y le habría gustado ver cómo le quedaba.

Si quería seguir jugando con ella, Drew iba a perder la partida, aunque eso implicaba que ella tampoco iba a salir victoriosa. Y eso era algo que tenía que asimilar tarde o temprano.

# Capítulo 12

CUANDO Joel volvió y se acercó a saludarla al lado de la piscina, ya estaba más tranquila.

–¡Hola! ¿Qué tal el arrecife? ¿Era tan bueno como esperabas?

–Mejor –dijo él quitándose la ropa hasta quedarse en bañador–. ¿Seguro que no puedo convencerte para que vayas a clase de submarinismo?

«Si me quisieras y aspiraras a que este matrimonio funcionara, podrías convencerme para que me tirara en paracaídas», pensó ella.

–Vamos a ir por separado, ¿recuerdas? –le dijo ella–. De hecho, me he inscrito en clases de tenis. También llamé para enterarme de cuándo volvía tu barco y pedí pescado a la plancha para comer. Llegará en cualquier momento.

–¡Qué eficiente! –repuso él con algo de sarcasmo.

–Bueno, tengo que justificar de algún modo mi existencia. Pensé que te agradaría.

–Estoy encantado –dijo él levantándose y saltando a la piscina.

No lo entendía. Intentaba comportarse bien. No había hecho ninguna escena. Trataba de no depender de él y ser educada. No era fácil. Al menos pensaba que podía estar agradecido.

Casi se arrepentía de que se hubieran llevado el camisón de Drew con la basura. Pensó que debía haberse pavoneado con él, haberle enseñado que alguien la deseaba.

Sea como fuere, algo iba muy mal. Quizás Joel se estuviera dando cuenta de lo mala que había sido la idea de la luna de miel, forzado a estar cerca de una mujer a la que no quería y a la que ya ni siquiera deseaba.

La clase de tenis fue dura, exigía mucha concentración, pero Darcy casi lo agradeció y reservó otra para el día siguiente. Fue al médico del hotel, le dijo que el calor no la dejaba dormir y le pidió somníferos.

–No suelen pedírmelos aquí. ¿Hay algo que le moleste además del calor? –le preguntó.

–Nada –mintió ella.

–Ya... Bueno, quizás debería relajarse un poco más, dejarse llevar...

Cuando volvió al bungalow, él estaba trabajando y le anunció que cenarían allí esa noche.

–¡Ah! –vaciló ella un momento–. Pensé que íbamos a ir al hotel.

–¿Lo prefieres?

–Bueno, me gusta. Tiene mucho ambiente. Y la banda de música está muy bien.

«Y es más fácil estar allí que aquí a solas contigo», pensó Darcy.

–Esta noche pensé que preferirías quedarte, después de la agotadora clase de tenis.

Darcy fue a su dormitorio.

Acababa de salir del baño cuando él llamó a la puerta para decirle que le había servido una bebida. Se puso el albornoz y salió.

Él también lo llevaba puesto y su pelo aún estaba húmedo después de la ducha. El corazón le dio un vuelvo al verlo y sintió la llama del deseo reavivarse en su interior.

–¿Aún llevas esa mortaja? –le dijo él dándole una

copa de vino–. Pensé que ya la habrías reemplazado por otra cosa.

–No creo que lo haga –dijo ella pensando en la preciosa camisola de seda azul que le había regalado Drew–. Esto cumple su función perfectamente.

–Sí, ya veo –repuso él–. Bueno, creo que yo no voy vestido para la ocasión.

Fue a su cuarto y volvió con unos pantalones verdes y una camisa negra. Estaba impresionante.

En ese instante llegó la cena, era la distracción que Darcy necesitaba. Todo tenía buen aspecto.

–Espero que tengas hambre –le dijo mientras se sentaban.

Y tenía hambre, pero no de ese tipo de comida. La cena fue complicada. No hablaron mucho. Joel parecía perdido en sus pensamientos.

–He pensado que mañana podríamos alquilar un todoterreno, explorar la isla e intentar encontrar alguna playa tranquila donde comer –sugirió él.

–Quizás otro día. Ya tengo planes para mañana.

–Si incluían a Drew Maidstone, lamentarás saber que se fue esta tarde.

–¡Qué pena! ¡Me habría encantado volver a tener otra charla con él! –mintió ella–. Pero no te preocupes por mí. No soy una niña a la que tengas que entretener.

–Siento haberte dado esa impresión. Pensé que quizás podríamos llegar a ser amigos.

–Las amistades se forjan con los años, nosotros no tendremos ese tiempo –dijo levantándose–. Bueno, tenías razón con lo del tenis. Estoy rota. Me voy a retirar pronto.

–Claro –dijo él poniéndose también en pie–. No te importará que vaya al hotel a tomar una copa, ¿no? Intentaré no hacer mucho ruido cuando vuelva. No quisiera molestarte.

–Eres muy considerado, pero no te inquietes. Cuando duermo, no me despierta ni un bombardeo.

«Y esta noche dormiré sea como sea. Seguro que soy la única novia que necesita tomar somníferos durante su luna de miel», pensó ella.

–Buenas noches –dijo Darcy forzando una sonrisa y yendo hacia su dormitorio.

Se levantó tarde al día siguiente, con la cabeza aún aturdida tras inquietantes sueños. Se duchó y vistió con una camiseta de tirantes y unos pantalones cortos. Se recogió el pelo en una trenza.

No vio a Joel, se imaginó que estaría buceando. Ella también tenía que llenar su semana como fuera para evitarlo. Con tenis, paseos a caballo o lo que fuera. Las noches serían más difíciles.

Paseó despacio hasta el hotel, disfrutando de los jardines y escuchando el susurro del mar.

Cuando entró al vestíbulo camino de recepción se quedó parada de repente. Tenía frente a ella a Joel. No estaba buceando como esperaba sino dándole la espalda y hablando desde un teléfono público. No entendía qué llamada podía ser tan privada o urgente como para que la tuviera que hacer desde allí y no desde el bungalow.

Si él se giraba, la vería allí, quizás hasta podía pensar que lo estaba espiando. Así que decidió bajar a la galería comercial. En la boutique de lencería donde había visto la camisola ya habían cambiado el escaparate. Todo era precioso, pero nada comparable a aquella prenda.

Cuando subió de nuevo al vestíbulo, Joel ya no estaba allí. Fue hasta recepción para reservar una hora de tenis al día durante el resto de la estancia allí.

–¿Señora Castille? –le preguntó el hombre–. Entonces sería una hora mañana y otra al día siguiente, ¿no? Porque su marido nos ha dicho que nos dejan pronto para volver a Inglaterra.

–Bueno... –repuso ella intentando recuperarse y encubrir su ignorancia–. Mi marido no puede estar alejado de su trabajo durante mucho tiempo. Supongo que no sabe cómo decirme que lo necesitan en la empresa. En cuanto al tenis, iré a la clase de hoy y ya veremos...

Se imaginaba que la llamada de esa mañana había impulsado la decisión de Joel. Recordó los retazos de conversación que oyó la primera mañana, y cómo llamaba «cariño» a alguien. Era, claramente, una mujer. Se percató al instante que debía de tratarse de Emma, la joven a la que tanto había amado y a la que no había podido tener. Seguro que la había llamado de nuevo para decirle que pronto la vería. Pero nunca lo sabría, porque no podía preguntarle. Sólo podía aceptar la situación, aunque el dolor la estaba partiendo en dos.

Había odiado a Joel en el pasado, quizás pudiera hacerlo de nuevo. Se sintió desolada y supo que no podía volver así al bungalow, quizás él estuviera allí. Así que fue hasta el bar.

–¿Qué le sirvo señora? ¿Un café, una cerveza?

–No, póngame un ponche Barracuda –repuso ella sorprendiendo al camarero.

Ella inspiró profundamente y sorbió gran parte del cóctel con ayuda de la pajita. Dejó que le hiciera efecto y bebió de nuevo.

–¿No es un poco temprano para eso? –le preguntó Joel sentándose en el taburete de al lado.

No le había visto acercarse. El corazón le latía con fuerza, pero intentó parecer tranquila.

–Depende del día que quieras tener.

–Bueno, tengo una propuesta mejor que quedarte aquí y emborracharte –le dijo él–. Ya sé que traerte aquí no ha sido mi mejor idea. El ambiente es demasiado intenso para nuestra situación, pero creo que nos vendría bien alejarnos unas horas. La gente con la que fui a bucear ha organizado una excursión al otro lado de la isla y nos han invitado. Así podrás ver otra parte de Augustina y no tendrás que estar a solas conmigo.

–Gracias, pero yo tengo una cita dentro de un rato con otro Barracuda como éste. Pero tú vete.

–Nos han invitado a los dos. Si vuelvo a ir solo, van a empezar a creer que no tengo una mujer.

–Es que no la tienes. Lo que tienes es un acuerdo. Otra de tus malas ideas. Aunque con ésta podemos acabar pronto. Así que ve y pásatelo bien.

Durante un buen rato, él la miró como si la viera por primera vez. Después dejó dinero sobre la barra y se fue. Ella se quedó allí sola, incapaz de beber otro sorbo y con ganas de llorar.


Cuando volvió al bungalow, se dio cuenta de que Joel debía haberle hecho caso e ido a la excursión. No regresó hasta la noche. Ella ya se había duchado y puesto un vestido negro.

–¿Qué tal? ¿Estuvo bien la fiesta? –le preguntó levantando la vista del libro que intentaba leer.

–Si hubieras venido conmigo, lo habrías averiguado por ti misma –respondió él con frialdad–. He reservado una mesa en el restaurante, suponiendo que aún puedas soportar cenar en mi compañía. Pero siempre puedo llamar y cancelarla...

–No, no. Está bien.

Poco después, pasearon hasta el hotel en silencio.

Cuando se sentaron a la mesa, él pidió bistec y ella lo mismo. Era más fácil que tener que estudiar la carta, no tenía fuerzas para ello. Mientras comía, se dio cuenta de que una mujer pelirroja la observaba desde la mesa de al lado. Era una mujer muy sexy que llevaba un minúsculo vestido blanco. Otras personas del grupo también se giraron para mirar.

–¿Conoces a esa gente? –le preguntó a Joel.

–Es el grupo con el que he estado hoy. Ven y te los presentaré –le dijo mientras se levantaba y le tendía la mano.

–No. No me apetece. Iba a volver ya al bungalow –repuso ella sin moverse.

–¿Otra vez? Esperaba que te quedaras y bailáramos.

Sólo pensar en ello hizo que le diera un vuelco el corazón, pero sacudió la cabeza y se frotó las sienes.

–No, creo que me ha dado mucho el sol hoy. Pero tú quédate si quieres.

–No te preocupes. Ya iba a hacerlo –respondió él con dureza.

Lo observó mientras se acercaba a la otra mesa y se sentaba al lado de la pelirroja, que lo miraba con una encantadora sonrisa. Darcy rellenó su vaso con agua y se bebió hasta la última gota. Cuando miró de nuevo, Joel estaba bailando con esa mujer, con sus cuerpos pegados y los brazos de ella rodeando su cuello.

Darcy recogió el bolso, se levantó y salió como un autómata. Estaba aprendiendo con dolor que tenía que ser realista, que el suyo no era un matrimonio de verdad. Él sí que era realista y, cuando quería satisfacer su deseo, buscaba el placer donde lo encontrara.

Podía aceptar saber que era así, pero verlo en brazos de otra mujer había sido demasiado.

Le dolía la cabeza. Así que esa noche tomó analgésicos en vez de somníferos y se fue a la cama. Se durmió pronto, pero se despertó muy alterada unas horas después. No sabía qué la había despertado, quizás había oído a Joel entrando en la casa.

Tenía sed y se levantó, con el camisón empapado en sudor, en busca de un vaso de agua. De regreso a su dormitorio y, como por impulso, abrió el dormitorio de Joel. Estaba vacío.

Al parecer, su marido estaba pasando la noche en algún otro sitio. Se dijo que había sido culpa suya, que ella le había dado esa libertad. Pero eso no lo hacía más fácil.

Se sentía de repente ahogada, sofocada. Volvió a su dormitorio y abrió las ventanas, pero hacía tanto calor fuera como dentro. Salió afuera y vio la piscina, tentándola a sólo unos metros.

Dejó que se deslizaran los tirantes del camisón y la prenda cayó al suelo. Caminó hasta la piscina y se metió dentro con un suspiro. Era la primera vez que nadaba desnuda. Le pareció delicioso sentir la caricia del agua sobre su piel. Atravesó lentamente a nado la piscina. Después se giró boca arriba y se dejó llevar a la deriva.

No supo en qué momento se dio cuenta de que no estaba sola. Joel la miraba inerte desde un lado de la piscina, iluminado sólo por la luz de la luna mientras la observaba absorto.

Ella se sumergió de inmediato, intentando esconderse pero sabiendo que era demasiado tarde. Sabía que, cuando saliera a la superficie, él iba a seguir allí. Esperando.

Nadó despacio hasta él. Joel se agachó, la agarró por debajo de los brazos y la sacó del agua con facilidad, como si se tratara de una niña. La dejó frente a él, a sólo centímetros de su cuerpo.

Darcy se encontró así mirándolo a los ojos y encontrando algo en ellos que hizo que se perdiera y que el aliento se le quedara atrapado en la garganta. No podía mirar a otro lado ni hablar.

Llevó sus manos hasta los hombros de Joel y dejó que se deslizaran hasta su cuello, para atraerlo hacia así y dejar que la besara con una pasión desconocida, un hambre que era casi salvaje. Dejó escapar un suave gemido y se abandonó por completo.

Le quemaban los labios cuando Joel se separó finalmente de ella. Por unos instantes, se miraron atónitos.

Después, él la tomó de la mano y la llevó hasta donde estaban las tumbonas. Quitó los colchones y los echó sobre el suelo.

Cuando se incorporó, ella fue hacia él, intentando sin suerte despojarle de su ropa.

—Espera —la instó Joel con voz temblorosa y ronca por el deseo.

Él mismo se deshizo con habilidad y rapidez de su camisa, sus pantalones y ropa interior. Descubriéndose para que ella pudiera tocar y acariciar con sus labios su piel desnuda.

—Así, así... Mi amor, mi amor, así... —le decía mientras con sus manos no dejaba de acariciarla por todas partes.

Joel la tomó entre sus brazos, secando con las palmas la piel de Darcy, aún húmeda tras el baño nocturno. Deslizó las manos por sus costados, deteniéndose en sus caderas y agarrando con fuerza sus nalgas. Después separó sus muslos y dejó que sus dedos resbalaran hasta la esencia de Darcy, el centro de su placer. Ella gritó en la noche, su voz llena de deseo. Pero él la hizo callar, cubriendo sus labios con su boca, en un beso saturado de sensualidad. Sin dejar de besarla, se dejó caer sobre los cojines, arrastrándola con él. Quedó sentada a horcajadas de Joel. La agarró por las caderas mientras que, con intencionada lentitud, la penetraba.

Ella no pudo ahogar un grito al sentir su cuerpo rodeando el de él, sintiendo por primera vez una devastadora explosión de sensaciones.

—¿Estás bien? —le preguntó él apartándole el pelo húmedo de la cara.

—Sí —respondió con un hilo de voz—. Pero tengo miedo de hacerte daño...

—No vas a hacerme daño —repuso él con sus ojos llenos de ternura.

Joel le acarició los hombros y después la espalda,

haciendo que se arqueara hacia él y se estremeciera de placer. Ella se inclinó y le besó los párpados, las mejillas y la boca, dejando que la lengua se deslizara entre sus labios, sintiendo por primera vez la fuerza y el poder de su propia sexualidad y viendo al instante la respuesta que producía en él.

Entonces comenzó a moverse, al principio tímidamente, y después dejando que sus inhibiciones fueran desapareciendo, sobre todo al ver cómo Joel gemía. Era como si un instinto, hasta entonces desconocido o escondido, le dijera lo que tenía que hacer.

Se sentía rebosante de felicidad y sensaciones. Se sentía libre.

Podía oír la respiración entrecortada de Joel, mezclada con la suya. Los dos estaban ya al borde del abismo. Él deslizó la mano entre los dos, buscando entre los pliegues más íntimos de ella el botón del placer, la caricia más personal. Aquello hizo que perdiera por completo el control. Se sentía en el cielo. Podía oírse así misma gritando, aunque no se reconocía. Parecía fuera de sí, se movía sacudida por espasmos de placer que hacían que se agitara sin fin. Y dentro de ella, muy dentro de ella, sintió el calor de él al llegar también al desenlace.

Cuando finalmente recuperó la conciencia de lo que había pasado, estaba tumbada sobre él, con su cara enterrada en la curva de su cuello, completamente empapada en sudor. Pero al comenzar a moverse y sentarse, la realidad de lo ocurrido la atrapó y empezó a sentirse agobiada. Él lo percibió. La tomó por la barbilla y la besó dulcemente, cubriendo su temblorosa boca.

Cuando por fin se separaron, ella se giró, dándole la espalda. Joel buscó su camisa y la cubrió con ella.

–¿Cómo puedes darme tanto y no ser ni siquiera capaz de mirarme a los ojos después? Ni dejar que yo te mire... ¿Es que no sabes lo bella que eres?

Ella, sonrojada, negó con la cabeza.

–Entonces tendré que seguir demostrándotelo hasta que me creas –repuso él sonriendo.

Se puso en pie tomándola de la mano para que hiciera lo propio.

–¿Qué haces? –preguntó ella intentando zafarse.

–Lo que debería haber hecho cada noche desde que llegamos. Te llevo a la cama.

# Capítulo 13

FUERON horas de pura felicidad. Darcy aprendió enseguida que podía recuperarse rápidamente para volver a disfrutar de más placer aún y descubrir aún más deseo dentro de sí. Encontró que tenía más poder del que pensaba y que era una mujer apasionada.

Y Joel le mostró todo eso con una destreza y habilidad abrumadoras. Finalmente, se durmió entre sus brazos, encantada de estar allí y sin poder creerse que sólo unas horas antes hubiera sentido terror de encontrarse en tal situación.

Pero cuando se despertó por la mañana, descubrió decepcionada que estaba sola en la cama. Se dio cuenta de que hubiera querido tenerlo allí, haber hablado de todas las cosas para las que no había habido tiempo la noche anterior y hacer planes...

De repente, se sintió inquieta. Quizás nada había cambiado. Habían hecho el amor. Al menos, ella, para quien había sido una experiencia inolvidable e increíble. Pero se imaginó que para él sólo había sido sexo. Quizás no hubiera pasado nada con la pelirroja, volvió al bungalow y se la encontró desnuda y dispuesta en la piscina... Pensó que lo suyo era sólo algo temporal. Se había casado con ella porque quería la empresa y porque no podía tener al amor de su vida.

Pero nada había cambiado...

A pesar del calor, Darcy se estremeció. Se puso en pie con la sábana alrededor de su cuerpo y salió al balcón. La piscina, culpable de todo, seguía allí, brillando inocente bajo el sol. Alguien había colocado los cojines de nuevo sobre las tumbonas y su ropa había desaparecido. No había rastro de lo ocurrido. Ella también tendría que aparentar que nada había cambiado, no podía dejarle ver que soñaba con mucho más.

Se duchó y se puso una falda blanca y una camiseta verde sin tirantes. Fue a la cocina y se preparó café. Estaba sirviéndose una taza cuando sonó el teléfono. La sorpresa hizo que se salpicara y quemara la mano. Contestó mientras se chupaba la quemadura, tomando el auricular con la otra mano.

—¿Joel? —comenzó a hablar una mujer con voz llorosa—. Joel, te necesito de verdad. Dijiste que ya ibas a estar de vuelta. Ya... Ya he entregado los papeles del divorcio y ha sido horrible. ¿Cuándo voy a poder verte?

Darcy se quedó helada, con el teléfono pegado a la oreja y la mano aún contra su boca. Le temblaban los labios. Esa llamada le estaba confirmando sus peores temores.

—¿Joel? —insistió la mujer al otro lado de la línea.

—Lo siento —repuso Darcy recuperando al fin la voz—. No está aquí ahora mismo, pero le...

Iba a decirle que le diría que había llamado, pero la otra persona cortó la comunicación. Ella hizo lo mismo. Temblaba tanto, que se dejó caer en el sofá y se quedó absorta, sin poder reaccionar. Le parecía increíble. Pero estaba claro. Emma, la mujer de Harry, iba a divorciarse a pesar de estar embarazada. Ahora podría volverse a casar si así lo deseaba.

No podía creerse que Joel, sabiendo que Emma iba a divorciarse, pudiera haberse casado con ella y haberle hecho el amor. Le parecía algo indecente y lleno de cinismo.

Se llevó las manos a la cara y se quedó así largo rato. Necesitaba pensar en qué hacer. Pensó en no decirle nada a Joel de la llamada. Y comentarle, en cuanto regresara, que quería volver tan pronto como fuera posible a Inglaterra. Y no iba a dejar que la tocara de nuevo.

Pero cuando oyó sus pasos, se puso en pie y le faltó valentía para mentirle.

—Joel, tengo que decirte algo.

—Tendrá que esperar —repuso él—. Porque tenemos que regresar a casa hoy mismo y no hay mucho tiempo para hacer las maletas.

—Ya lo sé. Acabo de recibir una llamada.

—¿Qué? —repuso él lanzando un juramento entre dientes—. Di estrictas instrucciones de que no pasaran ninguna llamada hasta que pudiera hablar contigo. Bob y Mariella volvieron anoche y su helicóptero nos llevará hasta el aeropuerto. Él nos ha conseguido asientos en el vuelo de la tarde. Supongo que contó a la compañía que era una emergencia.

—¡Vaya! —repuso ella—. Me pregunto qué haría si fuera urgente de verdad...

—¿Urgente de verdad? —repitió él— ¿Es que no crees que el hecho de que tu padre esté en la UVI sea urgente?

Ella pegó un gritó y palideció al instante.

—¿Qué dices? No puede ser. ¡No puede estar enfermo! Siempre ha estado bien... ¡No!

—No desde hace un tiempo —repuso él con amabilidad sentándose en el sofá e indicándole que lo acompañara—. Ven aquí y te lo explicaré.

—Te oigo perfectamente desde aquí —repuso ella sin poder moverse—. ¿Qué ha pasado?

—Ha sido el corazón. Ha tenido varios sustos durante el último año. Casi todos mientras estabas trabajando fuera, en el yate de Drew Maidstone.

—Por eso me hicieron volver... Y por eso me entregaron a ti tan deprisa...

–Si es así como crees que fueron las cosas... –agregó él con seriedad–. Decidió operarse mientras estábamos aquí y después llamarte y darte las buenas noticias. Pero ha habido complicaciones.

–Me han mantenido al margen y, ¿tú lo sabías todo el tiempo? –le preguntó despacio.

–Quería que aceptara el trabajo, tenía que decírmelo.

–¿Y por qué no a mí?

–Quería protegerte, que no sufrieras. Cuidar de ti siempre ha sido una de sus prioridades.

–Sí, hasta se ha encargado de encontrar a otra persona que cuidara de mí por si ocurría lo peor, ¿no? Tenías que haberle avisado de que tus planes eran sólo temporales...

–¿Te vas a quedar aquí discutiendo o quieres que tomemos ese avión a tiempo?

–Sí, por supuesto –repuso ella yendo hacia el dormitorio–. Voy a hacer las maletas.

Joel se puso en pie y la tomó por los hombros, atrayéndola hacia él. Pero ella intentó apartarlo.

–¡No! ¡No me toques! –exclamó ella entre sollozos–. No te atrevas a hacerlo.

–¿Qué crees que voy a hacerte? ¿Saltar encima de ti? –preguntó mirándola entre incrédulo y enfadado–. Sé que estás conmocionada, pero confía en mí, por una vez. Sólo quería abrazarte, cariño. Quería consolarte, si puedo. Y asegurarme de que la joven apasionada y cariñosa que estuvo anoche entre mis brazos no fue una creación de mi imaginación.

–Yo sólo quiero irme de aquí, apartarme de todo esto.

No llegó a decir «apartarme de ti», pero las palabras resonaron entre los dos y él la soltó al instante, en un gesto que expresaba su rendición. Parecía cansado.

–Eso es lo que haremos –le dijo–. Entonces, ¿quién llamó por teléfono? –le preguntó.

—No importa —repuso ella—. Todo lo que importa ahora es mi padre. Y nadie más.

Hacía frío y llovía cuando llegaron a Inglaterra. El viaje de regreso fue difícil. Ella evitó en todo momento el contacto con Joel. Apenas hablaron. Se imaginaba que él pensaba que estaba así por su padre. Eso evitaba que tuviera que darle explicaciones para las que ni ella misma estaba preparada.

El chófer de Joel los recogió en el aeropuerto y llevó directamente al hospital, donde los esperaba una ojerosa tía Freddie. Ya le habían advertido a Darcy que su padre estaba inconsciente pero, aun así, se estremeció al ver la gran cantidad de tubos y máquinas a los que estaba conectado. Parecía tan débil, que se sintió desfallecer al verlo. Joel tuvo que sostenerla para evitar que cayera al suelo.

—Estoy bien —le dijo con frialdad separándose de él.

Se quedaron poco tiempo. Darcy volvería a la mañana siguiente. Entonces podría hablar con su padre y con el médico que lo atendía. Invitó a su tía para que cenara en Chelsea con ellos.

—No, gracias. Prefiero quedarme un poco más —les dijo—. Además, vosotros aún estáis oficialmente de luna de miel. Estaréis mejor sin invitados.

—Deberías habérselo dicho —le dijo Joel a Darcy al ir hacia la salida.

—¿El qué?

—Que la luna de miel parece haber concluido. Le diré al chofer que te lleve a casa, yo tengo unas cosas que hacer —dijo mirando el reloj.

—Sí, claro —repuso ella.

La acompañó hasta el coche. Darcy lo observó mientras se alejaba. Seguía en la acera y había comenzado a hablar por el móvil, parecía muy concentrado en la conversación. Estaba segura de con quién hablaba. Se mordió el labio inferior hasta que saboreó su propia sangre.

Cuando llegó a casa, se encontró a la señora Inman muy preocupada y tuvo que consolarla. Después, fue a su dormitorio y vio que sus maletas no estaban allí. Todas sus cosas estaban en la habitación principal. Una confusión razonable por parte de la ama de llaves. Decidió que tendría que hacer el cambio ella misma.

Fue al dormitorio de Joel, el que acababa de dejar vacío su padre y que había sido redecorado, y comenzó a llevar sus cosas a su antigua habitación.

Acababa de cambiarse para la cena cuando Joel regresó. Se había puesto un vestido granate. Pensaba que le daría color a su pálida cara, pero parecía producir el efecto contrario. Estaba nerviosa, temía su reacción cuando viera que se había cambiado de habitación, aunque, por otro lado creía que era lo más razonable, dadas las circunstancias.

Pero, cuando vio su reflejo en el espejo de la habitación, se dio cuenta de que no sólo debía de estar nerviosa, sino asustada.

–¿A qué demonios estás jugando?

–A nada. Dijiste que nuestra luna de miel había acabado. Así que, a partir de ahora, mantendremos las distancias. De día y de noche –repuso ella intentando mantener la calma.

–¡Al diablo con la luna de miel! Eres mi mujer, Darcy. Y espero que sigamos compartiendo la cama. Empezando por esta misma noche.

–¡Vaya! ¡No me digas que acabas de malgastar el dinero en un nuevo paquete de preservativos!

Él echó la cabeza hacia atrás como si acabara de abofetearlo. Darcy sabía que se había pasado, pero era demasiado tarde para echarse atrás. Demasiado tarde para ir hacia él y abrazarlo.

Sabía que él tenía derecho legal a acostarse con ella, pero no podía dejar que sucediera de nuevo. Tenía que prepararse para cuando ya no lo tuviera a su lado. Para cuando estuviera sola.

–No he malgastado el dinero, cielo. Porque no me dejas más alternativa que salir por la ciudad.

–¿Y tengo que sentirme culpable? No creo. Porque si soy el precio que pagaste por la empresa de mi padre, te ha merecido la pena.

–Es una forma de verlo... Pero puede que no vaya a ser tan fácil dejar atrás este matrimonio –añadió con suavidad–. Porque ayer, si no recuerdo mal, lo hicimos más de una vez sin protección. Podría haber consecuencias...

A Darcy se le hizo un nudo en la garganta. No podía soportar la idea de que pudiera haberse quedado embarazada, de que Joel quisiera quedarse a su lado sólo por obligación, porque se sintiera responsable.

–No, por favor. Que no sea verdad... –dijo con un hilo de voz.

–Pienso lo mismo. Fue una estupidez y te juro que no fue mi intención...

–Bueno. No te preocupes demasiado –repuso ella forzándose a levantar la cara–. Porque siempre que hay un problema hay una solución. Pero, de ahora en adelante, no te quiero a mi lado. No quiero volver a cometer el mismo error. Tengo que pensar en mi carrera, en mi futuro. A no ser que también vayas a romper esa promesa.

–No –dijo él–. Si eso lo que quieres, lo tendrás.

–Gracias. Es mejor que ser tu juguete sexual cuando estás de humor, ¿no crees? De ahora en adelante sólo compartiremos el techo. ¿Está claro?

–Sí. Pero no has tenido en cuenta tu naturaleza humana, Darcy. Intentas ser fría y cerebral. Pero, ¿qué pasará cuándo tu precioso cuerpo no te deje dormir y te diga que me necesitas? ¿Dejo mi puerta entreabierta, por si acaso?

–¡Eres asqueroso!

–Eso no parecía molestarte anoche...

–¡Canalla! –exclamó con voz temblorosa–. Tú haz lo que quieras, pero yo voy a cerrar mi puerta.

–Muy bien. Por cierto, hoy no voy a cenar en casa después de todo, así que no me esperes.

Y, con esas palabras, se fue de la habitación mientras ella se convencía de que había hecho lo que debía y de que tendría que vivir con ello hasta que se librara de esa situación.

# Capítulo 14

LA cena fue triste y sombría. Después, fue al salón, pero no podía concentrarse en lo que había en la televisión, así que decidió acostarse.

Cuando cerró la puerta vio la llave, pensó en girarla, pero no quería provocar un nuevo enfado de Joel. Se puso uno de los camisones del ajuar, uno de gasa que no ocultaba nada, y se tomó uno de los somníferos que le quedaban aún de la isla. Necesitaba dormir.

Pero, cuando horas después, Joel le tocó el hombro y dijo su nombre, se despertó al instante.

Estaba sentado en la cama. Parecía cansado y tenía gran tristeza en sus ojos. Entonces lo supo.

—Es mi padre, ¿verdad? —dijo ella sentándose en la cama.

—Acaban de llamar del hospital —confirmó él inclinando la cabeza—. Ha tenido otro ataque. Han hecho todo lo que han podido... Darcy, lo siento muchísimo —le dijo.

—No he podido despedirme de él —repuso ella mirando el borde de la sábana que retorcía en sus manos—. Aunque volví desde tan lejos...

Los sollozos no la dejaron seguir hablando. Comenzó a llorar sin parar, las lágrimas cayendo por su pálida y acongojada cara.

Joel se tumbó a su lado en la cama, abrazándola con suavidad mientras lloraba y acariciando su pelo y sus hombros. No dijo nada.

Estuvieron así mucho tiempo, hasta que Darcy dejó de llorar. Entonces Joel fue al baño a por una toalla húmeda para limpiar sus ojos y la señora Inman llamó en ese momento a la puerta. Traía una bandeja con té. Joel le sirvió una taza.

La bebida estaba muy caliente, pero, aun así, no consiguió derretir el frío que sentía en su interior. No sólo estaba llorando por la muerte de su padre, también por el fin de su matrimonio.

–¿Lo sabe mi tía Freddie?

–Sí. Tu padre le había pedido que se casara con él en cuanto se recuperara de la operación.

–Me alegro. Tenían que haberlo hecho hace años. Han perdido años de felicidad... –dijo ella emocionándose de nuevo–. Querrá ser enterrado en Kings Whitnall.

–Bueno, bueno. Ya nos ocuparemos mañana de eso. Intenta dormir ahora –dijo levantándose.

–¡No te vayas! Por favor, quédate. No me dejes...

Hubo un momento de silencio. Él se quedó con la mirada perdida.

–Si eso es lo que quieres... –dijo tumbándose a su lado, pero sobre el edredón.

–Te vas a enfriar.

–Sobreviviré –repuso él apagando la lámpara y abrazándola.

Darcy se durmió entre sus brazos, aspirando su masculino aroma y nunca supo en qué momento abandonó su cama para irse a su propio dormitorio.


Terminó el funeral, se fueron las últimas visitas y Darcy se quedó por fin sola, con tiempo para reflexionar sobre su futuro y algo de tranquilidad. Había sido un día agotador. Joel estaba en la biblioteca, hablando con el notario que se encargaba del testamento de Gavin.

Darcy fue a su dormitorio con la excusa de que quería descansar, aunque sabía que no podría dormir. Se quedó al lado de la ventana, mirando absorta el jardín cubierto de nieve.

Era un alivio que Joel se estuviera encargando de todos los temas legales, también estaba siendo un gran apoyo para su tía, quien se había fijado en que, aunque iba todos los días a Kings Whitnall, nunca se quedaba a dormir.

—Eso no es normal, querida —le decía a su sobrina—. Os acabáis de casar. Deberías pasar más tiempo juntos.

Lo que quería decir, por supuesto, era que debían dormir juntos. Ella se excusaba diciéndole que Joel tenía que estar en Londres porque tenía reuniones muy temprano, que la inesperada muerte de Gavin había aumentado su carga en el trabajo. Además, la mujer que él amaba recuperaría pronto la libertad y ya no pasaría sus noches solo.

Pensaba que, de todas formas, su tía descubriría pronto la verdad. Con el fallecimiento de su padre, el divorcio podría ser antes de lo que pensaban. Y ya ni siquiera necesitaba el apoyo económico de Joel para estudiar la carrera que deseaba.

Pensaba que algún día llegaría a superar la vergüenza de su propia voz pidiéndole que se quedara a su lado, que no la dejara.

Porque de él quería su amor, no amabilidad. Pasión, no compasión. Deseo, no misericordia.

Pero él sólo amaba a Emma, así que no le quedaba más remedio que dejarlo ir, dejarle que empezara una vida que ya no era sólo un sueño.

Tenía que dejarlo ir porque no podía vivir teniéndolo cerca sin poder acercarse. Y él parecía querer evitarla también.

Había intentado ensayar qué decirle. Por orgullo, quería ser ella la que pusiera fin al matrimonio.

Alguien llamó a la puerta y Joel entró en el dormitorio.

—El señor Soames está en el salón y van a servir el té —le dijo él—. ¿Vas a bajar?

—Claro, llamaré a la tía Freddie.

—No, está durmiendo. Será mejor no molestarla —dijo tendiéndole la mano.

Ella la ignoró y pasó a su lado. Entraron en el salón. El señor Soames, normalmente muy sereno, parecía más nervioso que de costumbre, pero no le extrañó. Lo saludó y se sentaron.

—Estoy seguro de que su padre la mantenía al corriente de sus intenciones en lo referente a su testamento. Pero no sé si sabe que lo cambió por completo tras su matrimonio...

—No —repuso Darcy inquieta—. No tenía ni idea.

—Seguro que se lo habría comentado, de haber tenido tiempo. Hay legados para los empleados de esta casa y de Londres, donaciones para distintas obras de caridad y una considerable suma para su tía. Pero ya se lo comentaré a ella personalmente —explicó el señor Soames—. Los principales cambios afectan a su herencia personal, señora Castille. Por ejemplo esta casa, que iba a heredar como hija suya, queda ahora para disfrute de usted y su marido de forma conjunta.

—No —susurró ella—. No puede ser...

—Es algo normal. Se lo aseguro, señora Castille —comentó el notario extrañado—. Las otras condiciones, sin embargo, son menos convencionales. El resto de los bienes de su padre van a parar a un fondo fiduciario en beneficio de los hijos que tenga de su matrimonio. Intenté decirle a su padre que era mejor retrasar esa decisión hasta que tuvieran familia, pero fue inflexible.

Darcy se quedó mirándolo, estaba boquiabierta. Joel, a su lado, tampoco se movía.

—Pero no puede hacer eso. No es posible...

–Le aseguro que las instrucciones de su padre son muy claras y el testamento es válido...

–Pero no vamos a tener hijos –confesó ella con la voz rota–. De hecho vamos a divorciarnos tan pronto como sea posible.

–En ese caso, el resto de los bienes de su padre iría a la caridad. Así lo estableció.

–¡Dios mío! ¡No puedo creerlo! ¡Esto no puede estar pasando! Tiene que haber algo que pueda hacer.

–Bueno, si lo hay, este no es el sitio ni el lugar para hablarlo –dijo Joel con firmeza poniéndose en pie–. Sentimos preocuparle con nuestros problemas personales, señor Soames. Supongo que nos mandará copias del testamento, ¿verdad? –preguntó al notario–. Muy bien, entonces deje, por favor, que lo acompañe a la puerta. Y gracias por todo.

Darcy se quedó donde estaba. No podía creerse lo que estaba pasando. Se quedaba sin nada. No iba a recibir nada, ni siquiera esa casa, que era su hogar.

Cuando Joel volvió, ella lo miró con los ojos enrojecidos por el dolor y la rabia.

–¿Lo sabías?

–Sí –admitió él–. Pensé que iba a convencerlo para que cambiara de opinión. Incluso prometió volverlo a pensar, pero no tuvo tiempo –añadió sentándose a su lado–. Cariño, escúchame.

–No me llames así –repuso con frialdad mientras se ponía en pie–. Y no te acerques a mí. Nunca.

–Estás siendo absurda.

–¿Sí? ¿Crees que es absurdo que tema que nunca me veré libre de ti? Tú lo sabías todo y nunca me advertiste. Mi padre te ordenó que te casaras conmigo. ¿También te pidió que me dejaras embarazada durante la luna de miel?

–No lo dirás en serio –repuso él poniéndose también en pie–. Estás disgustada y no sabes lo que dices...

–Sé que quiero el divorcio. En cuanto sea posible. Supongo que no te importará que vendamos esta casa. Necesitaré mi parte para poder ser independiente.

–Pero amas esta casa.

–Amo más mi independencia, ser por fin libre. ¿Querrás venderla?

–Si eso es lo que quieres de verdad...

–Así es. Espero que te lleves tus cosas pronto y saber de tus abogados lo antes posible.

–¿Eso es todo? ¿Ya está? –preguntó incrédulo–. ¿Ni siquiera quieres hablar de ello?

–No hay nada de lo que hablar. Los dos tenemos nuestros planes, así que no veo razón alguna para que nos veamos de nuevo, ¿no te parece?

–No, no ninguna –dijo él–. Excepto ésta.

En tres pasos, Joel cruzó la habitación y la tomó en sus brazos, besándola como nadie la había besado nunca, ni siquiera en los momentos de pasión. Fue un beso en el que había más de castigo que de ternura y le pareció interminable. Cuando por fin la soltó, Darcy se tambaleó, y se llevó la mano hacia la dolorida boca.

–Algo para que me recuerdes –le dijo él con frialdad saliendo del salón.


–Creo que Joel se está comportando con muchísima generosidad. Algo que no mereces –le dijo la tía Freddie con severidad.

–Yo no le pedí que me cediera su parte de la casa –dijo ella en tono defensivo mientras guardaba la carta que acababa de recibir de los abogados esa misma mañana.

–No, y Joel tampoco te pidió que te deshicieras de él después de menos de un mes de matrimonio. Me imagino que estará muy dolido. Y humillado. ¿Cómo puedes tratar así a tu marido?

–No lo entiendes –repuso Darcy inclinando la cabeza–. Estoy liberándolo. Puede permitirse ser generoso.

–Más que generoso, porque la oferta que has recibido por la casa ha sido más alta de lo que nadie pensaba. Supongo que vas a aceptarla, ¿verdad?

Darcy suspiró.

–Sería una locura no hacerlo, ¿no? Lo único que lamento es que sea una constructora la que la compre. El señor Soames dice que lo más probable sea que transforme el sitio en unos cuantos apartamentos de lujo. Mi padre habría odiado eso.

–Todo cambia, cariño. Y tenemos que aceptar los cambios por mucho que nos duelan. Claro que tu padre nunca habría puesto la casa a la venta. Él tenía el sueño de ver a otra generación creciendo aquí.

–Sí, lo sé –dijo Darcy de forma casi inaudible.

–Y un gesto tan magnánimo como éste exige algún tipo de respuesta por tu parte, querida –añadió su tía mirándola con firmeza–. Así que espero que se lo agradezcas a Joel en persona, en vez de enviarle algún frío mensaje. Lo menos que podéis hacer es quedar como amigos. Darcy, cariño, te ruego que no dejes que el orgullo ni los malentendidos te impidan ser feliz. La vida es demasiado corta...

Darcy pensó que era más fácil decirlo que hacerlo.

Había pensado que no ver a Joel iba a hacer su vida más llevadera, pero era otro tipo de tortura. No podía dejar de pensar en él ni recordar.

El saber ese día que él renunciaba a su parte de la casa había sacudido sus cimientos. Se daba cuenta que su idea de independencia era una broma pesada. Porque su vida sin él no era más que una amarga prisión.

–Me pasaré por Chelsea mañana, de camino a la estación –prometió a su tía–. Bueno, ahora cuéntame lo de la exposición de pintura que vamos a ver –añadió de forma más despreocupada.

Al día siguiente, cuando el taxi entró en la plaza, comenzó a arrepentirse. Pensó que debería haber ido a verle a la empresa, eso habría sido más fácil y formal.

Estaba pagando el taxi cuando vio a Joel saliendo de la casa, seguido por una joven guapa y morena, que se movía con la torpeza de una mujer en avanzado estado de gestación. Se quedó inmóvil, viendo cómo él la ayudaba a bajar los peldaños hasta la calle. Allí se pararon, ella tomó la mano de Joel y la colocó sobre su vientre, seguramente para sentir una patada del bebé, ambos se rieron. Darcy vio el gesto de ternura en la cara de Joel, que hizo algún comentario.

No podía moverse. Estaba inmersa en un mar de agonía y envidia. Podría haber gritado allí mismo. Sabía que Joel nunca caminaría así con ella, nunca miraría su abultado vientre, ni sentiría un bebé en su interior. Porque sabía que no estaba embarazada y nunca antes se había sentido tan triste y sola.

Pero el temor de que Joel levantara la vista y la viera allí, observándolos juntos, la hizo volver a la realidad. Esa humillación habría sido horrible.

–¿Se va a bajar o no? –le dijo el taxista.

–He cambiado de opinión, lléveme a la estación Victoria, por favor –repuso con voz casi tranquila.

Hipnotizada por las llamas de la chimenea, Darcy pensó en lo raro que sería no volver a pasar nunca las navidades en Kings Whitnall. Ya había firmado los contratos y la venta se completaría esa misma semana. Para entonces, ella estaría en Londres, en el piso de su tía, donde comenzarían juntas a preparar la Navidad y decidir qué hacer con su futuro.

Todas sus cosas estaban ya empaquetadas. La empresa que compraba la casa también quería los muebles.

Ella había elegido algunos objetos para su propia casa, cuando la tuviera.

Ahora sólo tenía que esperar a que fuera un perito a valorar las cosas, el resto sería subastado. Oyó el timbre de la puerta y se levantó. Pensó que era una última tarea ingrata y todo acabaría. Entonces podría empezar a mirar al futuro.

La puerta del salón se abrió. Levantó la vista con una sonrisa fría y formal que se le heló en el rostro cuando vio a Joel entrando en la sala. Por un momento, creyó que soñaba.

—¿Qué haces aquí? —preguntó casi sin voz.

—He venido a hablar sobre unos muebles —repuso él—. Para una casa que acabo de comprar.

—¿Que acabas de comprar? ¿Tú? —preguntó incrédula—. ¡Eso no es posible! La ha comprado una empresa de la que nunca había oído hablar.

—La constructora de mi padre. Le fue tan bien, que acabó siendo multimillonario. Su hombre de confianza ha llevado las riendas de la compañía en Francia en mi nombre, pero quiere retirarse pronto, así que tendré que hacerme cargo, pero desde Inglaterra.

Ella siguió mirándolo estupefacta. Movía los labios pero no podía hablar.

—Esta casa no. Esta casa no, por favor —dijo por fin.

—¿Por qué no? —le preguntó él quitándose la gabardina.

—Porque ha sido mi hogar, porque amo este sitio —repuso ella con lágrimas atrapadas en su garganta.

«Y no puedo soportar la idea de que vivas aquí con Emma y el bebé. Que ames a otra aquí. Que tengáis aquí vuestros propios hijos», le dijo ella con sus ojos.

—No puedo creer que seas tan cruel —repuso sacudiendo la cabeza—. ¿De verdad merezco esto?

—Sólo Dios sabe lo que nos merecemos. Pero la casa es mía y el dinero estará en tu cuenta el viernes. Puedes usarlo para hacer que todos tus planes y tus sueños se hagan realidad. O puedes ir a Montecarlo y perderlo en el casino. Es decisión tuya –dijo con más intensidad en su voz–. Pero lo que tienes que saber es que, casada o soltera, esté será siempre tu hogar y siempre estará aquí esperándote. Igual que yo –añadió tragando saliva–. Si te cansas de tu soñada libertad.

–Por favor, no digas cosas así –dijo ella dándose la vuelta–. No está bien.

–No, no está bien. No lo ha estado desde el principio –aceptó con amargura–. Cuando te pedí que te casaras conmigo, sabía que no me querías. Pero pensé que podía conseguir que te enamoraras de mí, o al menos que me desearas. Me dije que si nuestros cuerpos estaban cerca, entonces nuestros corazones y mentes lo estarían algún día. Pero descubrí después que no era así. Que, pasara lo que pasara por la noche, estabas deseando que llegara el día para librarte de mí. Cuando volvimos a Londres y quisiste tener tu propio dormitorio, empecé a preguntarme cuánto rechazo iba a ser capaz de soportar.

Darcy se giró para mirarlo.

–¿Cómo puedes decir eso? ¿Y qué piensas hacer con tu prima Emma? –le preguntó con sequedad–. ¿Es que quieres que hagamos un trío? ¿O es que ella va a estar en Chelsea y a mí me visitarás los fines de semana?

–¿Emma? –repitió él como si nunca hubiera oído el nombre–. ¿De qué estás hablando?

–De todo. Después de todo, dejó a su marido por ti y ha estado viviendo contigo en Londres.

–Emma está viviendo en casa de sus padres en el campo. A los que he tenido que buscar por toda Australia, y no ha sido nada fácil, créeme. No sabes lo que me ha costado... Me pidieron que cuidara de ella mientras estuvieran fuera porque les preocupaba el estado de su matrimonio. Tuve que aceptar, al fin y al cabo son mi familia y ellos fueron muy buenos conmigo cuando yo era niño. Pero la verdad es que hubiera preferido meter la cabeza en un avispero a tener que hacerlo.

–No, lo entiendo –repuso Darcy temblando por dentro–. Tú amas a Emma.

–Emma ha sido la hermana pequeña que nunca he tenido –repuso él con voz serena–. Tiene muy buenas cualidades, pero siempre ha sido una niña mimada y a veces resulta insoportable. Como durante estos dos últimos meses... –añadió sacudiendo la cabeza y sentándose en el sofá–. Me he pasado gran parte de mi vida apartándola de hombres poco deseables, pero su historia con Harry comenzó cuando yo no estaba en el país y Emma convenció a sus padres de que era el hombre de su vida. Descubrió que estaba embarazada al mismo tiempo que se enteró de las infidelidades de su marido. Intentaron arreglarlo pero no resultó y todo estalló más o menos la semana de nuestra boda. Como Emma sabía que sus padres me habían encargado que cuidara de ella, pensaba que podía llamarme cuando quisiera, sin tener ni siquiera en cuenta que estaba de luna de miel. Es muy egoísta. Espero que cambie cuando llegue el bebé.

–Pero... Pero ella estaba contigo en Chelsea –protestó Darcy–. Os vi juntos.

–¿Qué hacías allí? –preguntó él con el ceño fruncido.

–Quería darte las gracias por... Por darme tu parte de la casa.

–Pero no lo hiciste. No te acercaste. Sólo me escribiste una fría nota.

–No quería entrometerme –repuso ella agachando la cabeza.

–Si hubieras llamado a la puerta, habrías conocido a mis tíos. Ellos también estaban allí. Era una casa de locos, todo el mundo quejándose por todo y Emma creyendo que iba a tener un parto prematuro por culpa del estrés –añadió Joel con media sonrisa algo triste–. Y cada vez que el bebé se movía, todos teníamos que saberlo y tocarlo. Pero yo sólo podía pensar en ti, Darcy, y en el desastre en que se habían convertido nuestras vidas. En el amor que nunca íbamos a compartir y en los niños que nunca tendríamos. Por eso decidí comprar esta casa, para pagar la independencia que parecías valorar más que nada. Sabía que no ibas a aceptar el dinero de mi mano. Tú nunca has aceptado nada mío, ni siquiera te pusiste la camisola azul que te compré en Augustina –añadió con amargura–. Aunque habrías estado preciosa con ella. Sólo era un detalle, pero me hizo sentir derrotado.

–¡Dios mío! –exclamó ella mirándolo estupefacta–. ¿Quieres decir que fue un regalo tuyo?

–¿De quién iba a ser?

–Pensé que era de Drew Maidstone, que intentaba provocarte.

–Entonces, ¿qué pasó con ella?

–La tiré a la basura –respondió ella apartando la mirada.

–¿En serio? –dijo él quedándose sin palabras unos segundos–. Bueno, esperemos que la encontrara la señora de la limpieza.

–Tienes derecho a estar enfadado...

–En lo que se refiere a ti, no tengo ningún derecho. Pero si quieres que te perdone lo de la camisola, ven y siéntate a mi lado en el sofá –le dijo con amabilidad Joel–. Quiero preguntarte algo.

Ella hizo lo que le pedía. Sentándose a una discreta distancia de él y mirando a otro lado.

–Darcy, ¿puedo llamarte para que cenes conmigo una de estas noches?

–Joel, ya tienes la empresa –repuso ella sin aliento–. Vas a conseguir hacerte con el comité. Ya no tienes que seguir con la farsa a la que te empujó mi padre.

–¿Eso es lo que piensas? –le preguntó tomando las manos de Darcy entre las suyas–. Fue el ver tu foto en los periódicos y descubrir que eras la hija de Gavin lo que me hizo decidirme y aceptar el cargo. Nada más.

Se quedó callado un minuto y luego siguió.

–Darcy, cuando entré en ese salón del club hace dos años y te vi, el mundo se detuvo. Y pensé. Aquí está, por fin, es ella. Y entonces supe quién eras, lo que hacías allí y me sentí fatal porque la vida me estaba jugado una mala pasada. Estuve a punto de seguirte esa noche y siempre me arrepentiré por no haberlo hecho, por haber creído al canalla de Harry y las mentiras que me dijo. Pero no pude dejar de pensar en ti, aunque lo intenté. Cuando te vi de nuevo, dos años después, me perdí al instante, aunque preferí pensar que sólo estaba interesado, que quería conocerte mejor. Pero estaba engañándome. Y no fue idea de tu padre que nos casáramos, fue todo cosa mía. Tal y como le dije, fue amor a primera vista. Al menos para mí.

–Pero dijiste que querías a alguien que quería a otra persona –susurró ella–. Supe que era Emma, no podía ser otra.

–Amor mío, eras tú. Tú eres la única razón por la que estoy aquí, esperando a que algún día quieras ser mi esposa, en todos los sentidos. Mi compañera, mi amante, la alegría de mi corazón. He venido hoy porque no podía aguantar más. Debería haber enviado a otra persona, pero tenía que verte, respirar tu aroma, tocarte, aunque me arriesgara a que me volvieras a apartar de tu lado.

Ella miró las manos que rodeaban las suyas, se inclinó y las besó con ternura.

–¿Eso pensabas? –dijo emocionada–. Joel, no quiero apartarte de mi lado, nunca lo he hecho. Pero todos me dijeron desde el principio que era a Emma a quien amabas. Y yo no quería que te conformaras conmigo, no cuando yo te amaba tanto...

–¡Cariño! –exclamó con gran ternura–. ¿No sabes que nunca habrá nadie más que tú? Has hecho que se cumpla mi sueño, Darcy. El único que me importa –dijo mirando las manos de Darcy–. ¿Dónde están mis anillos? ¿Han acabado también en la basura?

–No, están arriba, en el dormitorio –repuso ella mirándolo con picardía–. A lo mejor me puedes ayudar a buscarlos.

Joel tomó su cara entre las manos. Le besó la frente, los ojos y la boca con suma delicadeza.

–Creo que puede ser una búsqueda de lo más larga –dijo él–. Pero hay una condición.

–¿Cuál? –preguntó ella sintiendo el calor del deseo crecer en su interior.

–Que cuando me despierte mañana por la mañana, aún estés en mis brazos –le dijo mirándola a los ojos–. Marido y mujer, Darcy. No me voy a conformar con menos.

Ella se acercó más a él, lo besó en el cuello y sintió cómo se aceleraba al instante el pulso de Joel.

–Marido y mujer –susurró con suavidad Darcy–. Trato hecho.

# Bianca®

**Entregar su inocencia a un hombre como él podría ser su perdición...**

Cuando Natalie Cava-
naugh, heredera de una
enorme fortuna, llegó a Villa
Rosamunda, en la costa ita-
liana, no figuraba entre sus
planes enamorarse, y menos
aún de un hombre famoso
por sus oscuras conexio-
nes...

Demetrio Bertoluzzi era
alto, moreno y muy guapo.
Nadie sabía por qué estaba
trabajando él solo en la re-
modelación de la villa familiar ni de dónde sacaba el
dinero para sufragar dichas
obras. Pero, a pesar de
todo, la atracción que Natalie sentía por él era demasiado poderosa...

## Pasión en Italia

### Catherine Spencer

# Acepte 2 de nuestras mejores novelas de amor GRATIS

## ¡Y reciba un regalo sorpresa!

---

## Oferta especial de tiempo limitado

**Rellene el cupón y envíelo a**
**Harlequin Reader Service®**
3010 Walden Ave.
P.O. Box 1867
Buffalo, N.Y. 14240-1867

**¡Sí!** Por favor, envíenme 2 novelas de amor de Harlequin (1 Bianca® y 1 Deseo®) gratis, más el regalo sorpresa. Luego remítanme 4 novelas nuevas todos los meses, las cuales recibiré mucho antes de que aparezcan en librerías, y factúrenme al bajo precio de $3,24 cada una, más $0,25 por envío e impuesto de ventas, si corresponde*. Este es el precio total, y es un ahorro de casi el 20% sobre el precio de portada. ¡Una oferta excelente! Entiendo que el hecho de aceptar estos libros y el regalo no me obliga en forma alguna a la compra de libros adicionales. Y también que puedo devolver cualquier envío y cancelar en cualquier momento. Aún si decido no comprar ningún otro libro de Harlequin, los 2 libros gratis y el regalo sorpresa son míos para siempre.

416 LBN DU7N

| Nombre y apellido | (Por favor, letra de molde) | |
|---|---|---|
| Dirección | Apartamento No. | |
| Ciudad | Estado | Zona postal |

Esta oferta se limita a un pedido por hogar y no está disponible para los subscriptores actuales de Deseo® y Bianca®.
*Los términos y precios quedan sujetos a cambios sin aviso previo.
Impuestos de ventas aplican en N.Y.

SPN-03 ·                                    ©2003 Harlequin Enterprises Limited

# Jazmín®

## Juegos de oficina

Lucy Gordon

Olympia Lincoln se sintió tan aliviada cuando vio aparecer a su nuevo ayudante, que lo puso a trabajar de inmediato... No sospechaba que en realidad se trataba de Pietro Rinucci, ¡su nuevo jefe!

Pietro no pudo resistir la tentación de seguir adelante con aquel inofensivo engaño. Además, así podría estar cerca de la bella Olympia. Pero Olympia ya había sufrido una traición, por lo que quizá, cuando descubriera la verdad, no volvería a confiar en él...

**El amor no estaba entre sus planes... pero él estaba dispuesto a hacerle cambiar de opinión**

# Deseo®

## Noches secretas
### Amy J. Fetzer

Si aquellas paredes centenarias hablaran, contarían la historia del actual señor de la casa, Cain Blackmon, que dirigía su imperio desde el interior de aquella mansión, una cárcel que él mismo había creado.

Y de Phoebe Delongpree, que en busca de refugio, había roto la paz de Cain e iba a llevarlo al límite de su control... la misma mujer que años atrás lo había vuelto loco con un solo beso.

Entre aquellas paredes, los dos podrían dar rienda suelta a la pasión. Allí estaban a salvo, pero el mundo seguía fuera, amenazándolos...

**¿Conseguiría alguna vez alejarlo de aquella mansión... y de los fantasmas que lo tenían atrapado?**